故乡的名字

金星宇 著

吉林人民出版社

图书在版编目（CIP）数据

故乡的名字／金星宇著 . -- 长春：吉林人民出版
社，2023. 11
ISBN 978-7-206-20690-0

Ⅰ.①故…　Ⅱ.①金…　Ⅲ.①散文集-中国-当代
Ⅳ.①I267

中国国家版本馆 CIP 数据核字（2023）第 257591 号

故乡的名字

GUXIANG DE MINGZI

著　　者：金星宇
责任编辑：衣　兵　　　　　　　装帧设计：书香力扬
出版发行：吉林人民出版社（长春市人民大街 7548 号　邮政编码：130022）
印　　刷：长春市华远印务有限公司
开　　本：880mm×1230mm　1/32
印　　张：7. 125　　　　　　　字　　数：140 千字
标准书号：ISBN 978-7-206-20690-0
版　　次：2024 年 1 月第 1 版　　　印　　次：2024 年 1 月第 1 次印刷
定　　价：50. 00 元

序：她从秋千上下来

母亲有一天会出书，在我看来似乎是一件必然的事情。

"妈妈很擅长写作"，这样的印象很早就存于我脑海里，我想我的写作之路多多少少也受到了母亲的影响。作为女儿的我，也许是得益于一小段基因，也许是成长道路上从未缺席过书籍，于潜移默化中，也拥有了些许掌握文字的能力。能给母亲的书写序言，实在是人生里难得体验的美好之事。

我的母亲不是个严谨规划日程的人，也不是个雷厉风行的人，但她决定的事情总能做到。比如每天睡前母亲总是习惯阅读，她的床头柜上常年摆着一摞书籍；比如在我上中学期间，她通过自学成了一名心理咨询师；比如保持书写习惯，经常发表作品。所以我总觉得，所有积累的一切都会自然而然地走向结果，终有一天我会看到一本母亲的书。我总是需要把所有的琐事都处理完，才可在一个完完整整、安安静静的属于自己的时间段里，去完成那些想做的事情，母亲则是在生活的缝隙里，慢悠悠地拾起琐碎的星星，建筑自己的宇宙。从她身上我学会自主学习、终身学习，以及如何将业余玩得风生水起，也不再害怕时光流逝年华老去。

因为母亲热爱阅读，所以书籍在我的成长过程中从不缺席。小时候的我就拥有很多图画书，父母在忙碌的时候总是把我寄放在书店里。在没有电子产品的高中时代，阅读成为我最大的业余爱好。我一直认为文字是一个奇迹，我们无可奈何地被困在当下，却有可能为几百年前的故事或思想大笑或流泪，人们总在寻找超越时间和空间的事物，而文字就是联结时间和空间的缕缕丝线。保持阅读，这大概就是母亲带给我成长过程中最大的礼物。

随着我年龄的增长，母亲也成为我的一位好友，当我看过了余华、莫言，也看过了莎翁、毛姆之后，我们的书单慢慢重合，也有了更多的共同探讨。我们在小区前的花径上散步的时候，总是会相互分享很多最近读过的书、看过的视频、得到的令人豁然开朗的观点，滔滔不绝。一个人的阅读像是一种孤寂而严肃的朝圣，又像是沉下心去潜入一片未知而浩瀚的海洋，而遇见那个和你选择了相同道路的人，便明白他也花了同你一样的日日夜夜和作者对话。于是，迫不及待地分享各自的看法，不同的人从同一本书中读到的往往是不同的故事和感受，这也是人类和文字奇妙的化学反应。热爱阅读吧，你会发现那些你喜欢的如此聪明可爱的人们，是和你站在一起的，想到这里，就足够欣慰开怀了。

在每日散步的道路上，除了分享看过的书籍影视，母亲还谈点每每突如其来的奇思妙想。写作的人对生活总是充满好奇和观察，比如我们反反复复地研究着每家别墅园子一年四季的景观设计，想搞清花园里每一种植物的姓名，会幻想有了自己的园子该种些什么样的树，也享受每晚变化的月色。在这条道路上，母亲也总是提起过去的事。我相信大多数孩子对父辈的童年总是好奇的，我们阅读了那么多的传记，总想一下子看完一个人的一生，却不可抗力地缺席着每日陪伴在我们身边的父母的童年。我成长在一个世界急速变化的年代，成长在跳房子打弹珠和超级玛丽中间，成长在小镇和世界之间，我以最快的速度熟练掌握各类软件的进化，学习无处不在的电子产品的用法，适应着不断向前的科技，却时常好奇那个以"分"为货币单位的陌生年代。读完这本书后，很多画面出现在我的幻想里：原来我的外婆曾经也做过摆书摊的生意，卖图画书，甚至外国文学，妈妈小时候能在外婆的书摊旁随意阅读，真是一件无比幸福的事情；原来过去的放学路上，虽然缺乏快速的交通工具和平坦的道路，但却连走路都是有好几种方法和野趣的；那时候的孩子虽然走过一座桥都会艰难而危险，但却拥有浪费一下午的时间看船只来往的奢侈。我喜欢那盏每次被外公擦得干干净净的煤油灯，也喜欢那个装得下整个童年的大红橱，我重新意识到了故乡的名字，它的含义，它的变迁，以及第一次看到"临江"从口中的方言变成文字书写在我面前时感受到的它的美丽。这本书是母亲对过去的总结，而于我来说，则是重新认识了故乡。

我有一个很喜欢的艺术作品，是安·汉密尔顿的《线程——事件》。在一个偌大的剧场里，挂了一块大大的白色丝绸，顶部的绳索与几架秋千相连接，秋千的运动牵扯起丝绸的婀娜。孩童们快乐地在秋千上摇晃，成人们则大多躺在丝绸下，静静地看风的形状。耳边是两人轮流朗读的文学语句，钟声有节奏地响起，眼前是飘飞的丝绸和放飞的白鸽。

读完这本书的时候，我就像那个躺在白色丝绸正下方的人。

我看见孩童时期的母亲随性地荡起秋千，她摇动着飘荡的童年，重新整理着轻柔的过往和回忆，那些故事带着孩童特有的可爱与疑惑，在温柔的日子里慢悠悠地包裹着我。

她从秋千上下来，而童年还在飘荡。

张亦培

2022 年 7 月

目录

第二辑 临江仙

第三辑 浣溪沙

第四辑　清平乐

第五辑　西江月

如梦令

也许是一袭翦翦风，也许是一阵潇潇雨，也许是一排流云，也许是一声蝉鸣，也许是冬日乡村的一缕炊烟，也许是巷子口藤椅上晒太阳的老人和脚边的大黄狗……都可以化为打开记忆闸门的密码。往昔岁月刹那浮现，是什么在汹涌而起？

春　讯

　　似乎只在一夜间，日新河的两岸都着上了颜色，嫩嫩的绿是纤纤细细、垂垂荡荡、飘飘袅袅的。旁边的到底是粉色的紫还是紫色的粉？我沉醉其间无意去辨个究竟，乐见这些粉啊紫啊细细叠叠、深深浅浅、繁繁复复。

　　三步一桃、五步一柳，是园艺师写给春天的情书。从前的日新路是宁静的、清寂的，没有喧闹的人声、少有穿梭的车辆、更无花哨的商铺，只有一树一树的花朵，在清风细雨中轻轻诉说春的秘密，笃笃定定地等待一阕诗词、一段情缘。清晨日暮，我无数次地走过这条路，也曾无数次想用文字来描述她的美。我观察过每一棵树的姿态，也曾扮演过一棵树、一朵花，企图体验他们的纷繁心事。

　　此刻，我再一次走近那些树，惊愕地发现，原来岁月也给他们打上了深刻的烙印，骄阳烈日、风霜雨雪还有那些蝇蚁蛀虫令其身躯千疮百孔。粗裂的皮肤、裸露的伤口、空洞的躯干、扭曲的姿态，固然曾经有无数的伤痛，但又怎样？春天来了，春天来了，干涸的身躯里依然欣喜地迸发出了昂然的生命，似乎要把积攒了一肚子的话一股脑儿地说给春天听，只争朝夕，绿了所有的丝绦、粉了满冠的枝丫。

　　乍暖还寒，气温跟心电图的波形一样上蹿下跳。所以，我每日晨起，要根据天气预报穿戴出门。于是纳闷，花草树木是怎知晓春天的讯息，都欣欣然地换上新装？

立春、雨水、惊蛰、春分……是谁泄露了春天的密码？是第一缕和煦的阳光？是第一场透润的酥雨？是第一记乍响的春雷？是黄鹂在枝头的秘语？还是冬虫在根底的挠痒？也许什么也不是，他们本就是天地间的精灵，参透了万物的玄机。掐指一算，时辰已到，于是，在一个寒星点点的月夜或者曙光初露的清晨把早已调配到位的红啊绿啊全部泼洒出去。

等着吧，他们就等着城市从睡梦中醒来，等着看行色匆匆的人们见到他们时忽然间放大的瞳孔、欣喜的神情，等着听人们口中夸张的惊叹，便得意地在枝头，心花怒放。

2018 年 3 月

紫茉莉静夜香

　　母亲最近学会了用微信，她给阳台上种的花草拍了照片，发了朋友圈。于是，这花花草草引来好友们的围观艳羡，最受欢迎的是那种被母亲称为"夜来香"的花。粉紫色的花瓣，嫩黄色的蕊，小喇叭形状，衬着繁茂翠绿的叶子，好个娇嫩鲜艳。母亲答应她的朋友们留下花籽，明年种下，便很容易生长开花。

　　无独有偶，我晚上翻书，读好友王春鸣的散文集《桃花也许知道》。她恰好也写到了这种花，但她称之为"晚饭花"，文中这样写："几丛深紫的花，在夜色里湿漉漉地香。主人说：'这叫晚饭香，晚饭以后特别香。'自从读了汪曾祺的《晚饭花集》，就很想知道晚饭花到底是什么花。原来她在我的花圃里开了十几年了，今夜宿命般相认。"

　　要说我跟"夜来香"，相识也有几十年了，可以说是伴我从小长大的。舅舅喜欢种花，在20世纪80年代初那阵，物资比较匮乏，没有多少人家舍得把房前屋后整片的地拿来种花。但是舅舅向来特立独行，他在屋前辟了半亩地，围上栅栏，全部种上花草，其中大部分都是他从外地弄来的，在本地不常看到。有一种花长在最外面一圈。夏天，太阳下山后，一簇簇紫色、黄色的小喇叭争相开放，放射出阵阵香气，清新馥郁，招人忍不住拿鼻子上前蹭闻。舅舅说她叫"夜来香"，一听这名字，我的心都酥软了，因为电影里时常有在旧上海的夜总会工作，身穿花旗袍的窈窕女子，她们手拿团扇，在麦克风前摇曳生姿，用糯软香甜的声音唱着："夜来香，我为你歌唱。夜来香，我为你思量。"

于是每天傍晚，孩子们翘首以盼夜来香开放，早上醒来，太阳已经晒屁股，再去看时，香香的小喇叭全都变成合上的小扇子，花朵顶部似并拢的小拳头。太阳下山，她又会准时开放。那时，我的小脑袋快想破了：是谁给她通风报信的呢？

每当一朵夜来香的小喇叭谢落时，叶托上会有一个圆圆的、黑黑的、硬硬的籽。把这个籽收好了，来年往地里随便一扔，就会长出苗开出花。于是，我们自己家的房前屋后也开满了夜来香。每一个夏天的夜晚，暗香袭人，蚊子也被迷得晕头转向，嗡嗡乱飞。

如今，在母亲的阳台上，小小的花盆里，她照样开得没心没肺、洒脱肆意，一点不嫌弃这小花盆的束手束脚。我有点想知道她到底叫"夜来香"还是"晚饭花"。访问"度娘"后得知，原来她确实有一个名字叫作"晚饭花"，而"夜来香"则另有其主。她真正的大名叫作"紫茉莉"，这名颇有贵族气息，雅致清新。各地的人们还送了她各种可爱的昵称：草茉莉、胭脂花、夜晚花、地雷花、官粉花、潮来花、夜娇娇、洗澡花、粉豆花。这每一个名字应该都有一段故事吧。"夜娇娇"，多像一个娇羞甜美的小姑娘。"潮来花"，是不是跟月亮潮汐有关呢？应该是海边的人们给她取的名。"地雷花"，是因为她的果，也就是我们说的花籽，长得宛如小地雷。

天地万物兼有灵性，诸多大自然的秘密早已被我们智慧的先辈参悟了，千百年前这紫茉莉就已被录入了各类医书药典，其根、叶可供药用，有清热解毒、活血调经和滋补的功效，种子白粉可去面部瘢痣粉刺。原来，她一直在守护无数人的健康美丽。

茉莉花开香静夜。晚风撩动帘幔，月色如银泻地。睡意迷蒙间，似有暗香夹着轻柔的歌声忽近忽远地飘来：夜来香，我为你歌唱……

2017 年 10 月

故乡的名字

席慕蓉在她的散文《弯泉》中写道:"人的名字,是一种归属与标识,土地的名字也是。如果要呼唤故乡,如果在生命的路途上要回头呼唤故乡,有谁不渴望能够找到一个古老、朴素,是由自己的祖先所命名,而到如今还存活着的名字呢?"

读到这里,我不由想起我的故乡。之前,我的故乡有个好听的名字:普济。在我很小的时候,家人和乡亲们就喜欢逗我玩一个问答游戏。"你家住在哪里呀?""海门县临江乡普济大队第 7 小队。"当我奶声奶气地熟练说出这一串字符时,总能得到大人们的夸赞:这孩子聪明的。并被一再叮嘱要牢牢记住这个地址。上小学了,学校就在村口,叫作"普觉小学"。

后来我看电视电影,发现那些少林寺僧侣们的法号有些就带有"普"字,继而又看到巴金的《家》《春》《秋》小说里男主人公的名字里都有"觉"字,不由得感觉我的小学校名有点来头,不同寻常。问了长辈,方知晓这校名没有什么大来头,只是因为这个小学建在了我们普济村和隔壁元觉村的中间,于是从两个村的名字中各取一字,便有了"普觉小学"。

至于我们村为什么叫"普济",长辈们也说不上来,我们村的两个邻村分别叫作"普西"和"普明"。这些有着一份禅意的名字应该都是有故事的吧。

格非的江南三部曲之《人面桃花》中,主人公生长生活的江南乡村就叫作"普济"。他用细腻又深情的文字，一遍遍地描绘那闪着金光的稻田、小路旁的野花、田埂边的水塘、水塘边的人家、小河上的石桥、桥头的米面店……那是格非的江南乡村，也是我对童年的普济村的印象。

离开家乡小村，离开那个"临江乡普济大队第7小队"十多年后，我听说"普济"这个名字已经没有了，原来的村子并入一个大村，名字叫作"西圣"，这个名字是为了纪念一名烈士。无疑这也是个好名字，只是我还是很想念我的"普济"。回到村里，现在的孩子都不知道"普济"了，这个名字如今躺在了历史的档案卷宗里，记录在了我已经遗失的小学作业本上，留在了老一辈人掉了牙的唇舌间。

"普济"在风中消散了，幸好"临江"还在。因为词牌名"临江仙"，曾让我对自己的家乡名字感到无比骄傲，它是如此诗情画意，读来口齿噙香。我的中学叫作"临江中学"，那些青春飞扬的日子，我和临江中学的同窗们曾一起骑着单车在江堤上放歌，在江岸边野炊，欢声笑语被江风和水浪推送得很远很远。

如今，我的故乡临江越来越辽阔、越来越灵秀，江滩上新涨起的沙洲，建起了绿色长廊。这片土地开始神奇变身，宽阔幽美的大道引领着远方的宾朋一路向前、向前。绿荫掩映处藏着身姿曼妙、清新秀雅的玲珑湖。湖畔幢幢高楼平地起，高科技企业纷纷落户开工。这片土地没有厚重的历史，只能书写新的篇章。新思想、新创意、新科技、新产业，新的身姿、新的活力。一个个好消息从故乡传来，总让我忍不住骄傲感叹。

即便高科技的产业园带来了严谨、理性、高效、智能，但是如奔腾的江水从万古流来，洒脱不羁、浩然而歌是这块土地难掩的本质。你看，临江仙，终究是属于诗人的，乡贤卞之琳携着《断章》而来，他早就说透了：你是看风景人，你也是风景的制造人。如今的新老临江人，正以自己的智慧和激情追逐着梦想，也无意中编织了别人眼中的无限风景。

人们常说："生活不止眼前的苟且，还有诗和远方。"我是多么幸运，诗，一直都在。她在我的故乡，在我生命的源起地，描绘出我的人生底色。故乡走出了浪漫的大诗人；故乡的大江长河，日夜奔涌着诗情；故乡的麦田花海生发的是大自然的深情和诗意；故乡的父老乡亲正以敢想敢干、脚踏实地的创新精神和实干行动书写着新时代奋斗者的诗篇。

"滚滚长江东逝水，青山依旧在，几度夕阳红。"一阕"临江仙"，传诵多少载。希望这故乡的名字——"临江"，一直都在，在时间的长卷里，在泥土的芬芳里，在游子的呼唤里，在生生不息的故事里。

2019 年 3 月

煤油灯的影子

　　辽阔疏朗的浅秋正在往深处走，满城尽是桂子的袭人暗香。月色如银的夜晚，六七好友在朋友的书屋里小聚。三五盏茶后，思维越来越跳跃，兴致愈来愈盎然。书屋里有主人收藏的各色旧物，座间一调皮的朋友把一盏煤油灯从博古架上取了下来。那灯虽是旧时物，但一点不残破，有着玲珑的曲线、娉婷的身姿，玻璃灯罩剔透晶亮，一尘不染。仔细一打量，灯身里还真的有煤油。大家兴奋着要把这盏煤油灯点燃。找到了火柴，取下灯罩，拧出灯芯，一点，蚕豆大小的火苗就蹦了出来，罩上灯罩，把电灯全部关掉，幽幽暗暗的昏黄便笼罩了屋子。心，瞬间平静了下来。我们就在这一屋子的朦胧里安静喝茶、聊天，仿佛回到了小时候。

　　童年的乡村，煤油灯是家家户户的必备品。虽然早就通了电，但电不可以任性使用，每天晚上黄金时段停电一两个小时是约定俗成的。这个时间段里，通常是母亲在做饭，我在做作业。父亲在外地工作，平时家里就我和母亲两人。也许是小时候听多了鬼故事，也许是小孩子天生对黑暗的神秘性有着未知的恐惧。我很怕这种屋外一片漆黑、屋里也只有一小团昏黄的情境。似乎屋里屋外的黑连成了一片，有着无边的未知。这黑暗和未知里可能会有凶猛的动物、可怕的盗贼、红眉毛绿眼睛的鬼魅。窗外的树枝在风中摇曳，更为我的幻想添油加醋。于是我要赶紧把门和窗全部关起来，把窗帘拉得密密实实的，不留一点隙缝，才觉得心里稍稍踏实些了。这时候，煤油灯那一团灯火的亮度和纯度似乎也提升了，屋里弥漫着暖黄色的光晕，母亲还在灶头忙前忙后，我开始在方桌上铺展课本，安心地写起了作业。

等母亲把刚做好的饭菜端上了桌，我们便围着煤油灯，边吃饭边聊天。饭吃完了，电通常还没有来。母亲便做起各种手工活，比如织毛衣、纳鞋底之类，坐我旁边陪我做作业。担心我眼睛近视，母亲总是关注着火苗的大小，发现火小了，她会轻轻地用手指抓住玻璃罩的底部，把罩子从灯座上取下，然后用剪子把灯芯最上面烧黑烧硬的部分剪去。这样一来，火苗一下子就变精神了，给人一种周围一亮的感觉。我很喜欢剪灯芯这个活儿，总是会想起李商隐的诗句："何当共剪西窗烛，却话巴山夜雨时。"虽然不太理解诗的寓意，但就是莫名地喜欢这况味。

煤油灯里的夜晚，如果只有我和母亲在家，总归是有点冷清孤寂。煤油灯会把我和母亲的身影映在对面的白墙上，黑黑的、长长的，骤一转头，看到墙上的影子，会把自己吓一大跳。不过，父母热情好客，总有亲戚朋友、村里乡邻来家里玩，一屋子人好不热闹，这时候，我一点都不害怕了，最爱和小伙伴们玩影子游戏，通过变换手势，煤油灯对面的白墙上便有了栩栩如生的动物形象，有大象、兔子、老牛等等，你猜我玩，不亦乐乎。

父亲每次回家，总是要把三盏煤油灯全部拿出来，里里外外清理一遍，擦基座，添煤油，把玻璃罩子用旧报纸仔仔细细擦了一圈又一圈。经父亲清理完的油灯总是里外透亮、焕然一新。

不知道从什么时候开始，煤油灯渐渐退出了我们家的夜晚。后来我外出上学了，父母也搬来了城里。城里的夜晚霓虹闪烁、万家灯火，没有了煤油灯的用武之地。前阵子听父母说起，我们老家可能还存有煤油灯，但他们的语气也不太确定。我开始心疼那三盏煤油灯了，曾经，他们陪伴、照亮了我童年的夜晚。如今，他们又在哪个黑暗的角落里孤寂着度过余生。

童年，煤油灯的影子里记录着我的喜忧。如今，我把煤油灯的身影留在长久的思念里。

2018 年 11 月

红橱往事

　　冯骥才在探访朋友的新居时，听说对方把祖传的古意盎然的大漆彩绘屏风随意卖掉了，不由得扼腕叹息。后来，他在巴黎一位建筑史学家的家中做客时，发现主人收藏着各式古老的家具，并且很骄傲地向宾客介绍："这是我家的遗产"。于是冯老又一次感慨万千，写下随笔《家庭的遗产》。

　　冯老说，家庭的遗产既有物质的含义，更有精神的内容，它是过往岁月年华实实在在的载体。读到此处，我瞬时想起了外婆家的大红橱，它是我快乐童年的见证者。

　　外婆家的房子布局比较特殊，大红橱既在卧室又在客厅，位置显眼，采光也好，客人来了，都喜欢在红橱前的春几旁落座。对于年幼的我来说，大红橱真可谓顶天立地，赭红颜色，四块面板周围嵌刻着线条，中间合扇的小门上挂着金黄的铜拉手，最下面四个高高的柜脚造型秀美。紧挨着橱体的是一张长条状春几，颜色和橱体一致。春几光滑平整结实，可坐可躺可嬉戏，我和表弟大部分的玩耍时光都是在春几上度过的，吃东西、打牌、看书、睡觉、听故事。外公外婆对孩子极其宠爱，无论是自家的还是亲戚邻居家的，经常允许一帮孩子在家里玩闹。外公外婆总是把各种好吃的（糖果、饼干、水果罐头等）放在大橱下层中间隔板处，只要一开橱门，顺手就是。即便我们把吃的饼屑弄得春几上到处都是，外公外婆也从来不会责怪我们。

橱里除了吃的，还装了被子、衣物、包袱、小皮箱、书籍及其他很多宝贝……红橱分上下两层，两层中间有一排抽屉，那里藏着的是外婆的宝物，我从没看过。外婆开抽屉的时间一般选在晚上，她会轻脚轻手爬上春几，打开抽屉，双手在里面摸索一番，我们都不知道她在找寻什么，但潜意识里认为这是件很隆重的事儿，小孩子不允许在一旁吵嚷，所以我就一直很好奇，外婆的空中抽屉里到底装着什么。

外婆的大红橱就是个百宝箱，我要什么，外婆就能从橱里取出什么。天冷了，外婆看我穿着单薄，她在橱里捣鼓了一会儿，就找出了她的绸缎旧旗袍，还有一大块丝绵。然后她在灯光下裁裁剪剪，给我缝制了一件小夹袄。有一次，我和表弟迷上了找毛主席像章，外婆就从大红橱里取出一只小巧的皮箱，打开箱子，箱盖的内衬上整整一版全别着各式各样的毛主席像章，我和表弟欣喜若狂，拿了好多到小伙伴面前去显摆。后来那些像章不知怎么就没了，现在想来特别遗憾。十几岁时，亲戚送我一条丝绒旗袍，穿在身上大腿两侧的开衩较高，外婆说穿旗袍要穿丝袜，就在大红橱里找了一阵，取出一双烟灰色的长筒丝袜，丝线织就，非常丝滑，细腻又紧实，跟现在的丝袜不一样。我很遗憾，小时候就知道找吃的，不曾仔细观察过外婆的大红橱，现在我会想，橱里这么多物件，上下几层，外婆纤瘦的身体是怎样爬上爬下，收拾整理晾晒它们？外婆小小的身体里装着多少能量？

如今，外公外婆和舅舅舅妈都已过世多年，老家的房子也已拆迁。大红橱被保存了下来，放在了表弟家的新楼，由于表弟一家常年在外工作，已在异乡安家落户，只在长辈祭日时才回去，藏着一肚子故事的大红橱只能独守空房。我每次去都要仔细看看她，她斑驳苍老，再也不是我记忆中的模样了，但她的红润和光亮在我心中从未褪去。

2018 年 7 月

暗香袭人　夏至未至

花正艳，风正软，行人的衣装渐次轻薄鲜亮起来，我便在心里开始念叨：她该来了，她该来了。

她真的来了，可到底是在哪一天，是在清晨、正午还是黄昏？我似乎毫无察觉，等发现的那一刻，她已经无处不在了。

"花气袭人知骤暖，鹊声穿树喜新晴。"我所心心念念的她，便是香樟树的馨香。香樟树在我们的小城随处可见，她一年四季地绿着，在万物枯槁的冬季仍为我们呈现一抹生机。

我孩提时代，对"香樟树"的概念源于家里的樟木箱。母亲的樟木箱不会随便打开，一般得到了暮春初夏时节，挑一个阳光明媚、晴朗无风的日子，母亲才会把樟木箱搬到院子里，用凳子、长木棍、苇箔搭起一条长长的晒架（家乡话叫作桁），再小心翼翼地打开樟木箱，取出一件件"宝物"。这些母亲珍藏的宝物有五颜六色的绸缎被面、一卷卷的毛线、可以做裤子的布料，还有一些父母平时舍不得穿的呢子衣服、裤子等等。我最喜欢看母亲晒樟木箱，那样整个院子都飘荡着淡淡香味，而且桁上的这些布料锦缎色彩鲜艳，也散发着幽香。只需用手轻轻抚摸这些物品，内心便充满喜悦与满足。母亲说这些布料以后用来做衣服，被面留到嫁女儿用。对于嫁女儿这个遥远的事情，我没有感觉，但是手里捧着那些细腻而厚实的布料，再看看自己身上黯淡、陈旧的衣服，内心充满期盼，甚至拿着布料在身上比试。日头正盛，母亲便开始收拾桁上的物品，按照她的次序一件件归拢放置在樟木箱中，再搬到床边的柜子上，母亲说，好东西必须放入樟木箱中，可防霉防蛀。于是，在一个小女孩的心中，家中的樟木箱是一个需要守护的宝贵之物。我所知道的樟木，也就是一个箱子的形状，至于她的前世，她是怎样以一棵树的姿态挺立于天地间的，我从来没有想象过。

对于什么时候出现在我面前，她应该是选准了时机。二十岁的女孩，青春在手，对未来怀揣美好憧憬，披上白衣、迈着轻快跳跃的步子，终于来到心目中的神圣之地，从此扛起一份沉甸甸的责任。这个时候，我闻到一股奇异的香味，似有若无，清新淡雅，又让人心旷神怡。有前辈告诉我，这香味来自香樟树，医院门前道路两侧长得郁郁葱葱的都叫作香樟。原来就是你，从此这香味埋进了我的嗅觉记忆，岁岁年年，等待着相逢那刻的欣喜。

草长莺飞的三四月间，人行道上却开始有黄叶窸窸窣窣飘落，那是香樟在更换新装，她在酝酿着情丝，为一次约会做准备。地上的黄叶开始稀少，明度不一的嫩绿、浅绿、深绿、浓绿覆满枝头。叶片层层叠叠、繁繁复复。我知道，她快来了。

约莫在四月，走在上班或者回家的路上，鼻子里有丝丝缕缕的清香钻进来，让人忍不住想深呼吸，想去仔仔细细地嗅一嗅，辨认这气味到底来自哪里？来自头顶、来自身侧？似乎来自你的四面八方。在这种袭人的暗香中，你会忍不住把脚步放慢，会忍不住把眉头舒展，会忍不住把嘴角翘起，甚至会忍不住哼起小曲，同时像小时候那样，双脚一蹦一跳地走路，或者跟着华尔兹的舞曲旋转起来。总之，你会有很多忍不住的想法。

后来，我读到了郭敬明的小说《夏至未至》，他不吝笔墨，用各种名词、动词、形容词、副词来描述那个栽满香樟树的城市和街道，我阅读时便沉浸在这四处缭绕的香樟香氛中。夏至未至，这四个字也和我最喜欢这香樟香氛建立了深度联系。

诗词里都是柳和桃，我尚未找到香樟的影子。沉静如她，没有一树一树的花朵，没有五颜六色的炫耀，但我知道，她一直都在，那丝丝缕缕的暗香里，都是她的倾诉和表白。

2019 年 5 月 23 日

外婆家门前有条河

中秋夜，我和家人一起到小区门口的海门河边散步。晚风飒爽、皓月当空，河畔林间有秋虫唧啾，好生惬意。河面上，连接南北主干道的桥梁正在拆除，一旁一条还未完工的钢结构便桥高高矗立于水中。远处，一艘货船从河面西侧隆隆驶来，接近桥洞时它的发动机声响陡然降低，船身缓缓地穿过桥洞后，又加快速度隆隆地向东驶去，河面上因它荡漾起的层层水波又渐渐恢复平静。

这样的场景一下子勾起了我的回忆，想起了童年往事，想起了外婆门前那条河。

外婆家住在那时候的三阳乡，屋前30米不到就是海门河，河边是一条与河流平行的大路，被乡亲们称作"黄"（即横）路，是这一带百姓交通运输的主干道。从外婆的房子到海门河，有一条两边种满花草的笔直小道，铺着煤渣碎石，尽头连接着一条上下六层石阶的水桥，通到河面下。这种水桥是每家每户必备的日常生活设施，人们在这里取水饮用、在这里日常洗涤，淘米洗衣时还可以直接和对岸的或相邻水桥上的邻居聊天说笑。

水桥也显示着这户人家的经济实力或主人的秉性，有些水桥简陋粗糙，木制或者砖头垒成，踩上去摇摇晃晃；有些水桥用宽大平整的石板搭建，结实厚重，踩上去纹丝不动；还有些甚至在水桥边装上竹制的扶手，让上下阶梯更加安全方便。随着水位的波动，水桥总是忽长忽短，干旱季节水位离最低的阶梯还要一大段距离，取水或洗涤时须深深地弯下腰，很是累人。雨季来临，水位高涨，则会有几级台阶均浸没水中，时间长了还会生出厚厚的青苔，不小心踩上去便会滑倒。

夏天的时候我最喜欢在水桥上玩。外婆家的水桥最后一个台阶是一块约1米长50厘米宽的大石板，我喜欢和表弟坐在石板上，把两条腿放进水里随心所欲地打水花，又凉快又舒服。水桥边和桥桩上会有各种小鱼小虾游动，有时候很容易就能逮到透明的河虾，还有一种最傻的叫作"乌三支"的鱼。夏天的傍晚，孩子们全都下水游泳，即便像我这种不会游泳的也下到河里，但我总是围绕在水桥周围，抓着石板不敢松手。有一次，舅舅为练我胆子，把我一下子抱到离水桥几米远的地方，虽然我站在河底，河水在我的脖子下面，但是离开了水桥，双手没有任何物体可抓靠，水波一摇晃，我就觉得自己摇摇欲坠，极度恐惧，只好拼命呼救。

10岁那年暑假，外婆家来了位远方的客人——北京表舅的女儿。这位大表姐美丽大方、活泼开朗，看到门前的大河欣喜万分，当晚便要下河游泳。大表姐把长发高高束起，换上一身宝蓝色泳装，皮肤白皙、身姿苗条，令一群未见过世面的乡村孩子大开眼界，惊为仙子。观看美女下河游泳成了一大乐事，表姐在水中自由自在，变换各种泳姿，岸上一大群大人孩子如看一场表演。表姐游得酣畅，观众看得着迷，大伙儿都是狗刨式游泳，没见过这种正规的泳姿。第二天午后，一群小屁孩等在外婆家，准备让表姐教他们游泳。意料之外的是，这次仙女表姐刚下河，便被河底的碎玻璃割破了脚，流血不止，把大家吓坏了。此后表姐直至回京都没能再下河，表姐留下遗憾，小伙伴们更是沮丧。

外婆家门前的这条海门河是一条人工河，原本南北两岸都归属同一个村，大河一挖硬生生把一个村庄一分两半，而连通两岸的大桥东西各一座，相距3里多。南北两岸乡亲朋友之间的交流就通过隔河喊话和小船摆渡来解决。大姨的家就在河南岸50米开外处，外婆家里要是来了客人，外婆就会在河边大声呼喊大姨的名字，大姨回应后就会撑着靠在岸边的水泥船过来吃饭。这种水泥船有时在南岸有时在北岸，要是想摆渡的时候正巧船在对岸，只需大声呼喊对岸乡邻的名字，无论是谁听到，都会把船划过来把人带过去，乡亲们就是这样互帮互助。

对于外婆家门前这条河，我最感兴趣的是看河上的船。那个年代，水路运输特别发达，海门河里日日夜夜都有船只往来，船的形态各式各样，有桅杆高竖的帆船、有声音粗重的柴油机船、有节节相连的连环船，还有看了让人心疼难过的拉纤船。纤夫光着黝黑的脊梁、背着粗硬的纤绳、喊着嘿哟嘿哟的号子、弓着身子在河岸边艰难前行，纤绳的另一端拖着载满货物的船只。若干年后我听到那首《纤夫的爱》，回想起儿时看到的纤夫，没有甜蜜浪漫，有的只是辛酸与不忍。后来渐渐地看不到这种拉纤船了，连环的机帆船多了起来。孩子们最大的乐趣就是看连环船并且数数，只要听到远处汽笛鸣叫，就会有人大喊"船来了！"于是，孩子们一股脑儿全扑到河边，蹲在水桥边，从第一只船开始数，1、2、3……最多的连环船有12只首尾相连。我们在岸边看船，船上的人特别是那些孩子也在看我们，他们甚至故意表演危险动作——在船边上自如地蹦跳行走，令我们艳羡钦佩。大船驶过水面激起的波涛，一层层向岸边涌来，拍击河岸响起"噗、噗"的声音，岸边的水草也在波浪里摇摆舞蹈。过上一两分钟，水面方能恢复原有的平静。我对这个景象非常感兴趣，把它称为"跃水面"，并且百看不厌。长大后读到苏轼的"惊涛拍岸，卷起千堆雪"，竟会莫名地想起儿时这些画面，两者相比固然是小巫见大巫，但是河水拍岸的声音仿佛就在耳边。

　　外婆家门前的这条大河留给我太多甜蜜记忆，如今，亲爱的外公外婆已离开我们多年，外婆家的老房子也已经拆迁。但是海门河水仍然日夜不息地流淌，只是经历岁月沧桑，她的容貌和功用也在发生改变。社会经济发展，人们过上了富裕生活，喝的用的都是自来水，水桥不再那么重要，河流反倒由于农药、垃圾及含磷洗涤剂的污染染上疾病，水草丛生、河面变窄、垃圾漂浮，河水的自净作用减弱，失去了原有的清秀灵动，让人心疼惋惜。随着物流业的发展，水路运输也不似以前那么兴盛，河面上少有船只往来，失去了往日的生机与热闹。假如河水有知，面对这样的今非昔比，她定会忧愁痛苦。值得庆幸的是：随着时代前进的步伐，这样的阵痛终将过去，人们的环保意识日益增强，采取了各种举措来保护这条母亲河，河水正在回归往日纯净。

　　机缘巧合，外婆家门前的河水如今也正流经我们小区门口，令我喜爱的是：大河两岸绿树成荫、芳草萋萋、曲径铺香，人们在这里散步、聊天、垂钓、乘凉、望月……一派闲适安逸。这条川流不息的大河，宛如外婆的怀抱，带给我甜蜜回忆、带给我安宁怡然、亦给予我不懈求索的力量。

2016 年 10 月

跟着唐诗去追月

很小的时候，我最早会背的一首古诗便是："床前明月光，疑是地上霜，举头望明月，低头思故乡。"童年的月光来自唐诗，从此这皎洁的月光照亮无数个乡间的静谧夜晚，窗下的孩童在月色里尽情编织各色属于自己的童话。

旧时的乡村夜晚，没有路灯的蜿蜒小路，四周参差错落的房屋和树木的影子看起来都棱角突兀、形态怪异。行走期间，望不见灯火，只有那些大人们讲过的鬼怪故事浮现脑海，令人毛骨悚然，生出无端的恐惧和心虚。这个时候，背背唐诗吧。奇怪，唐诗出口，再看四周，月色下的万物仿佛都披上了银色的袍子，那些骇人的鬼魅已自动隐去，房屋、树木、河塘全都笼上了柔和的诗意。

农村长大的孩子，总免不了要做家务和农活。背一首王维的诗："家住水东西，浣纱明月下。"想象着一个梳着长辫子的妙龄姑娘，弯着细腰在水边浣纱，柔柔摆动手臂，把一池的月色也晃动起来。原来劳作也可以这样诗情画意。

青春岁月，不惧夜的黑，最喜李白的月，那月色正好照映了一颗年轻懵懂、意气风发又有点迷惘的心。她率性无羁，又带着莫名的孤独清傲。"花间一壶酒，独酌无相亲。举杯邀明月，对影成三人。月既不解饮，影徒随我身。我歌月徘徊，我舞影零乱。"可以豪情壮志："明月出天山，苍茫云海间。长风几万里，吹度玉门关。"也可以婉约朦胧："玉阶生白露，夜久侵罗袜。却下水晶帘，玲珑望秋月。"甚至还有武侠小说里的侠气，"唯愿对酒当歌时，月光长照金樽里。"对于李白来说，人生中是离不了酒和月的。余光中的《寻李白》有云："酒入豪肠，七分酿成了月光，余下的三分啸成剑气，绣口一吐就半个盛唐。"这样的李白，这样的月色给了我青春的滋养，无边月色下的心境总是辽阔安宁，那些无谓的烦恼都那么不值一提。我的青春看似规规矩矩，殊不知所有的不羁都在李白的诗里被放逐月下了。

月缺月圆，时光流转，月光下背诗的女孩悄然步入不惑，月的柔光却从未离开。无论是远行还是驻足、对饮还是独坐，我依然习惯于仰望夜空找寻那唐诗里的月。

铺纸泼墨，临一帖王维的"空山新雨后，天气晚来秋。明月松间照，清泉石上流"，抑或"独坐幽篁里，弹琴复长啸。深林人不知，明月来相照。"即便是在钢筋水泥的丛林，亦能感受那份空灵纯净，宛如明月当头，丝竹在耳。

大街小巷的商店里陈列着各色月饼，吸引眼球的包装和海报提醒我中秋将至。我无端就想起了张若虚的月，"春江潮水连海平，海上明月共潮生。滟滟随波千万里，何处春江无月明！江天一色无纤尘，皎皎空中孤月轮。"那是春江的月，那是初唐的月，也是令后人传诵千年的月。忽然觉得自己枉为临江儿女了，从小生长在长江之畔，却从未专程去看过那被吟诵过千万遍的江月。

那么，就约这个中秋吧，去看看秋江的月，看看中华人民共和国 70 周年的月，在滟滟随波千万里的月色里，是否亦能生出故人的情思："江畔何人初见月？江月何年初照人？人生代代无穷尽，江月年年望相似。不知江月待何人，但见长江送流水。"

2019 年 10 月

放学路上

　　王开岭的散文集《每个故乡都在消逝》里有篇文章是《消逝的放学路上》，他描述的是城里孩子的童年，有拐角的巷子、烧饼铺、裁缝店、冰糖葫芦……温暖有趣的沿途，细节生动而情感充沛。读这些文字时，我穿越回到了那些属于乡野的放学路。

　　也是这样的季节，桃花落红、柳枝抽芽，田野里大片大片的金黄，蜜蜂在花丛中穿梭忙碌。放学路上的孩子们也便成了小蜜蜂，好好的大路偏不走，非要在油菜花地里钻来钻去，弄得满头满身的金黄。不知是哪个小伙伴说的，油菜花蕊可以吃，中间有蜜，所以蜜蜂才这么多。于是我们就一边回家，一边摘大的开得饱满的油菜花吃。

　　我的小学母校就在我们村子里，从家里过去1公里不到，但是这段放学路总是要走上好久。所有的树木、花草、甚至庄稼都可以成为我们的玩伴，我们吃菜花蜜、摘蚕豆耳朵、捡麦穗，把芦苇的芯子拔出来当乐器吹，把红薯藤一小节一小节地折成项链，桑葚还没红透，就爬到树上采或者使劲摇枝干等它掉，除了现场吃还要把桑葚一粒粒地塞进随身带的水瓶，比谁装得多。天气一开始转暖，我们就着急穿上凉鞋，一穿上凉鞋，这放学路上就更精彩了，别提大路就是小路也不走了，专挑河边走，有水桥的地方就下去，看看水桥的石板下或岸边的芦苇根上有没有小虾或者龙虾。男孩子们会想尽各种办法捞鱼摸虾，而女孩子们在边上看热闹会令男孩们更来劲儿。下雨天，那时候孩子们都穿雨靴，但是穿上雨靴也不是为了好好走路，反而专挑水田洼踩，有时候还比赛谁踩下去溅溅出的水花大。农田的路边都有一种叫作邻沟的水渠，有宽有窄，有深有浅。雨天，邻沟里都是水，无法判断深浅，大家就玩游戏，看谁敢第一个下去探深浅，如果很深，污水漫过靴子口，会直接把裤子袜子全部浸湿，那这个倒霉蛋就等着回家挨骂，如果不深，那大伙就不走路面全部从邻沟里蹚水走过。不下雨的日子里，走路也可以有好几种走法，可以专挑路边的树干、木头、水泥杆子或者砖头路基，在很窄的面上走，像体操里的平衡木项目一样，称"走边边"，这个我很擅长。还有可以一边走一边踢着石头、砖块，反正脚上要有伴，不能空着，这种走法导致鞋子坏得很快。还可以几个小伙伴你追我赶，玩各种游戏追着跑或者勾肩搭背一边讲悄悄话一边走。那时候路上自行车很少，摩托车都还没有更别提汽车，不管你是正着走、倒着走、斜着走，还是蒙上眼睛走，都不会有多大危险，最多撞人家柴堆上或者跌倒在河滩上，也摔不疼，因此家长们根本不担心放学路上不安全，从来不会来接孩子，也没有那个工夫和精力，孩子们也能平平安安到家。所以这放学路上是最自由自在的，既没有老师看，也没有家长管，完全散放的状态，却有那么多的乐趣，是一天之中最美好的时光。

跟现在的孩子讲起我们的放学路，他们是满脸惊诧和不敢想象，毕竟他们从小面对的就是校门口接孩子的拥挤人群和堵塞车流。那些年自由自在的美好放学路只能存在于我们这一代人的记忆里和谈笑中了。

2015 年 3 月

耳闻其香

红香家住在村里最热闹的"南河沿"，屋旁就是一条南通北达的中心道，每天人来人往好不热闹，每次爆爆米花的人来我们村，必定选择她们家东山头（房子的东墙外）。

如果放学路上远远地听到"嘭嘭"两下，我就知道是爆爆米花的人到村里来了，赶忙拉紧了书包，撒开腿跑到红香家，往往已经有一排乡亲在那边排队了。红香妈妈微笑着招呼我过去，给我塞了一大把爆玉米花："来，赶紧吃，热乎乎的吃着香。"吃完手里的，我就迫不及待地要赶回自己家去拿玉米来爆。

我们家在村子的最北边，从红香家跑步到家最快也要七八分钟，就跑到家气喘吁吁地翻箱倒柜地找玉米籽。我爸爸在外地工作，妈妈总是一个人在地里忙，家里没人在，所以找玉米籽、糖精、篮子（装爆玉米花的容器）都要我自己来，那时候我在心里有点埋怨父母，为什么红香家里总是有人在，而我回到家里总是孤孤单单一个人，有时候天黑了妈妈还在地里不回来。拿着这些东西再飞奔到红香家去时，通常队伍已经排得很长很长，我只能在队尾等着。

等待的时光也是充满期待的，看着爆爆米花的老爷爷打开黑铁炉的头盖，把一方斗玉米籽倒进去，盖紧，再把肚子圆鼓鼓的炉子往火炉上一架，然后一手转着炉子手柄，一手摇风机。"漫长"的三五分钟后老爷爷停下转炉，起身把一个大皮笼子套在炉子口上，将阀门一扳，嘭的一声，通常在这之前大人孩子们都已经用双手捂住了耳朵。巨响过后就是香味扑鼻。看到一粒粒黄灿灿圆鼓鼓的爆玉米花出来了，主人赶紧拿着篮子上前去装，并且招呼着一旁艳羡等待着的孩子们，一人一把先尝起来，最后兴高采烈地挎着装得香香满满的篮子回家去了。

在香味弥漫的等待中，天也总是黑得很快，周围陆续响起了大人呼唤孩子回家吃饭的声音，排在队伍后面的我开始着急，担心妈妈回家看不到我会担心，但是又想着妈妈应该在地里也能听到"嘭嘭"的爆爆米花声音，知道我在红香家等爆米花。这个时候我也总是在心里暗暗抱怨：我们家怎么住得那么偏远，每次都要苦哈哈地等到最后。

终于心满意足地挽着一篮爆米花回家时，通常天已经很黑了，村里陆陆续续有点点灯光。即便是一个人走夜路，我心里也是一点都不害怕的，有热乎乎的爆米花相伴，舌尖的快感足以抵御对鬼神传说的恐惧。

爆好的玉米花，一粒粒圆圆的，外面糙糙的，顶上还有一层黄色的薄盖子，那其实是玉米籽的皮。吃的时候用手轻轻一撵，那脆膜就碎掉了。但小孩子们通常馋得根本来不及去皮，直接大把大把地塞进嘴里嚼个畅快，有时候不巧，会有薄膜贴在上颚，怎么都舔不下来，真叫一个难受啊。

那时候都吃爆玉米花，一则是因为好吃，二则是因为大米金贵，一般人家煮饭都不舍得只放大米，要加玉米粉，哪舍得把白花花的大米拿去做爆米花，多不经吃！

2017 年 12 月

行走凤城

我总是好奇我的前世有着怎样的故事，乃至如今对老城古镇还有着不一般的眷念。听说家乡也有一个被时光遗漏的小镇，便挂念着去看看。终于在一个周日下午，我和几个摄影大师相约去了雅称"凤城"的余东古镇采风。

来到古镇已是下午四点左右，同行者直叹今天的运气不错，光线很好。作为一个摄影界的菜鸟，我无心琢磨光影和角度，直接用双眼记录。进入细细窄窄的古老巷子，我一下子便被深深吸引了，到处都有觉得新奇的地方。"哎哟，我喜欢这个烟囱！""这是古时候的石磨吗？这么大？""这个门联真有意思！"颇有点一惊一乍的傻气。好在同去的几个老师非常耐心地做向导和讲解。以前想象中的古镇就是一条窄窄的荒芜的旧街，几排破落的砖房或木楼。"凤城"可是出乎我的意料了，石街的两侧生出一条条小径，如大树的枝丫般向外伸展，曲径通幽处有绿树掩映的寻常人家、有门庭高大的旧时府第。我们五个人在这些巷子里穿梭，捕捉自己心动的镜头，时不时地在某个拐角或院落相遇，有点走迷宫的趣味。

在这个明朗的秋日下午，阳光铺洒，古镇上有悠闲的老人、奔跑的孩子、溜达的小狗、睡懒觉的猫、卖东西的铺子、手工艺小作坊等，还可以听到小音响里放出的京韵大鼓，甚至我在一个幽转的窄胡同里隔着斑驳的院门居然听到迪斯科。

渐渐西去的红日宛若一个编剧，在光与影的世界里，让参差的砖墙、参天的古树、攀爬的藤蔓、门楼的飞檐、延伸的石阶向我悄悄讲述关于"光阴"的故事……

高高的院墙上居然长了韭菜并开了花，紧闭的大门虽然历经风雨侵蚀但依然沉稳，我忍不住轻叩门环，期盼在"吱嘎"一声中会有一女子缓启大门，微探出半个身子，细细地问一声"是哪个?"明眸皓齿、云鬟乌亮、环佩叮当、衣袖盈香……

且行且思且忆，串串红、大理菊、茑萝、丝瓜、辣椒、玉米棒……无由地想起外婆家，篱笆、古井、藤萝，外婆站在葡萄架下微笑，单薄的身子套着府绸大褂。关于温暖、关于安宁、关于眷恋，就会想到外婆。

屋顶肆意生长的瓦花，木楼檐下的红灯笼，幽暗的旧房里雕花的木床，从明瓦泻下的那一束光，落在那些锅碗瓢盆以及陈年的藤椅上，仿佛一出舞台剧即将上演。石阶小巷里不断有慵懒的猫、机灵的狗出现，变换各种姿势，引得我不停摁快门。

落日西沉，老师们说现在没了光线，也拍不出好照片了，便准备打道回府。再重复走那段巷子，还是被一些意外的场景深深打动。在一个两头都有门的房子里，屋里光线很暗，我发现居然有一个老奶奶在后门的亮光里看书，那是真的虔诚地看书，她坐在一张矮藤椅上，身子直直的，左手把一本厚厚的书举到和眼睛平视的位置，旁若无人。我站在门口静静地看，看她翻过一页，纸张已有些泛黄，书的封面上有三个竖列的大字，始终看不清到底是什么书名。忽然老奶奶转过头来看我，我忙微笑着摆手示意她继续看，她便又摆回原先的姿势不再理我。我暗想这应该是个有故事的老奶奶。

再往前走，沿街一个黑暗的屋子里吊着一盏白炽灯泡，泛着微弱的橘黄色亮光，灯泡的下面是张四方桌，桌上摆着两三碗菜，一个老爷爷和一个中年女子正坐在桌子的比邻两面吃晚饭，我猜想他们是父女俩，两人边吃边轻松地聊天，桌底下两只花猫或躺或悠然漫步。

如果说外面的生活是"匆忙奔波"，那小镇的日子是在静缓流淌。

天空的光线愈渐黯淡，我们坐上车准备离开，汽车引擎发动又把我们带回那个喧嚣的世界，回望一眼凤城，她依然宁静安详地站在那里，看浮光流转、阅尘世沧桑。

2008 年 11 月

满园花开 "忧与爱"

　　我喜爱的本土作家王春鸣在她的散文集《神遇》中是这样描写一种花的："关于罂粟，有很多可怕的传说。可是，为了一朵花的盛开被抓起来是多浪漫的事啊！"读到这段，我感到惊讶。

　　原来，我跟作家的巨大差距从童年就已经显现。"为了一朵花的盛开被抓起来多么浪漫啊！"春鸣是这样想的，再来看看我的童年吧。

　　小时候，舅舅家有个特别大的花圃，里面种着各色奇花异草，都是本地看不到的花草。花团锦簇间，还藏着一种特别艳丽的红花，红得鲜艳、红得热烈，外婆说那叫罂粟花，等花谢了，花朵下面的果实也有用，养的羊、猪要是拉肚子了，用个罂粟果煮了水灌给它们喝，准能好，甚至对人拉肚子也有效。那时候我大概十岁，对这种美丽迷人又能干的花不只是喜爱，简直是崇拜啊，便央求着舅舅帮我家也种上几棵。

　　第二年的夏天，我家门前的小花园里果真是长势喜人的大丰收。舅舅家的花园大，几株红罂粟夹杂在繁花绿树间远看不显眼，而我家的小花园是我自己捣鼓的，从家门前妈妈的菜地里辟出这么一小块，也就是 1 米宽 2 米左右长的一块地，四边围上小砖块，里面种着仙人球、美人蕉、鲜竹球、凤仙花、一串红这些常见的花草，稀稀落落的。如今这六七棵罂粟花火辣辣地开着，一片绚烂的红，真是美得鲜艳夺目！村里的小伙伴们都爱赶过来看我的花，我得意地炫耀着："你们都没见过吧？这种花这边是没有的，是我舅舅从外面买回来的。"小伙伴们羡慕不已，纷纷拍我马屁央求我明年也帮他们种。可是，有一天，村里一个稍大几岁的姐姐匆匆赶来，神神秘秘地传达一个讯息，说种这个花就是种鸦片，谁种谁就会被公安局抓走，还绘声绘色地描述她远房表姐家的亲戚就是因为这个被抓走的。

自从听说了这个消息，小伙伴们都不再来花园看花了，也没人再央求我送罂粟花了，一下子门庭冷落啊。小伙伴们不来了，但是我这些美艳的罂粟花却根本不缺观众。我家东边30米不到就是一条大河，河不宽，但是很长，从南到北贯穿几个村子，紧靠河边有条路，虽然也不宽却是附近的交通要道。我们的村子靠在通启公路边上，交通非常便利，北边几个村子的人想去镇上或者县城，很多都要走我家东边这条沿河的路。我的小花园在我家房子的东南角，离大路很近，于是，我的花园也成了南来北往的行人注意的路边一景，自从罂粟花开后，我在河边水桥上淘米洗手时经常会听到路人在夸赞我家的花园和我的花。

如果说之前听到这话是有些小得意小开心，那么，听了大姐姐的消息后，再看到路人注意我家花园或者谈论我的花园时，我心里满满的都是惊恐。时常担心那些看到罂粟花的人会不会去报告公安局。每当夜幕降临，花影黯淡时我的心就放下来了，晚上开开心心地乘凉看电视吃芦稷。第二天醒来，阳光普照，罂粟花花瓣抖擞精神，热烈地伸展着她们的浓艳，我的心又开始揪成一团，我害怕听到东边大路上自行车的打铃声，或者路人的交谈声，我希望他们都是为着急事匆匆赶路，而不要东张西望地看路边风景。我恨不得拿蛇皮袋把这些惹眼的红花罩起来，但又担心她们会闷死。我曾经在花园里撑起一把大的油纸伞，试图把东边路人的视线挡住，可是一阵风就把伞吹得摇摇晃晃。我多么希望那些行人全是红绿色盲。

我既想炫耀我拥有的这些美丽无比的花儿，又害怕被人知道这些花儿的神秘身份而把我抓走。在这样的忐忑和恐惧里，我度过了整个花季。

此刻想起，2012 年江苏高考作文的命题是"忧与爱"，说的不就是当年那个傻丫头的心绪吗？罂粟花开艳满园、愁肠难诉"忧与爱"。

2019 年 1 月

听　雨

听雨，当我写下这个词、念起这个音时，内心生出欢喜和宁静。

"好雨知时节，当春乃发生。随风潜入夜，润物细无声。""沾衣欲湿杏花雨，吹面不寒杨柳风。"也许，对雨最初的好感就来自从小背诵的诗词。

我不知道这个喜欢是始于何时，因为，雨，在我的少年时光，带来的不全是美好感受。

我是在乡村长大的，童年时村里没有水泥路，只有大大小小的泥路，一到下雨天，到处泥泞不堪，而且有的地方还铺满青苔，不小心踩上去，会脚下打滑，或者一屁股坐在烂泥里。

因此，下雨天，如果不是去上学，我就安安心心待在家里，听着雨声看书或做作业，分辨雨滴打在门前地砖上、玻璃窗上、柴垛上、竹叶上的不同声响，偶尔还出个神、发个呆。在雨声里，仿佛时钟的脚步也会放慢放轻。没事儿的时候我喜欢搬个小板凳坐在门口看雨，看雨滴从檐下滴落成线，还看雨滴落在地面的形状，有句农谚说"一落一个泡，停雨就可跑；一落一个丁，下得不得停。"意思是看雨点打在地面上的形状就可以判断这雨什么时候能停。童年的我虽然看了很多次的雨，但最后也没得出什么结论。

雨下得足够大的时候，妈妈会从家里找来水桶、脸盆放在檐下盛雨，说"天雨水"是最纯净的，蓄在水缸里可以供日常饮用。既然是最圣洁的天水，那是不是直接落到肚子里更好？有次趁妈妈不在，我就出门站在廊檐下，仰起脑袋，让雨水落进我张开的口里，当然是圣水没喝上几滴，衣服全都淋湿还差点感冒。

下雨天上学最成问题，我要穿着雨靴撑着沉重的老式骨架伞一步一滑地自己走路上学。放学时，父母也不会来接，小小的个子撑不起大伞，通常都是先把伞柄朝天，把伞倒放在地上，然后低头弯腰撅着屁股把整个人都压进伞里，企图把伞完全打开卡上，但是我一个人总是力气不够，要找同学帮忙。后来有了一按就自动弹开的折叠伞，一下子觉得人生的大烦恼没有了。再长大点，家里的房子越来越老了，屋顶开始漏雨，下大雨的时候，不能再安安心心地听雨了，得拿着盆盆罐罐在房间里四处盛雨。那时最大的愿望就是能住在一个宽敞明亮、干燥舒适不漏雨的房子里。

日月更替，童年的愿望已经成了日常现实。这个暮秋的雨天，我坐在书房里，桌旁就是宽大明亮的玻璃窗，窗外是个大花园，合欢树就在窗外摇曳，雨声沥沥，参差花树、蜿蜒小径、玲珑池塘、弯拱石桥，全都浸润在秋日的细雨里，披上一层迷蒙的诗意，油绿、赭红、娇黄、粉紫，皆如新浴。窗内，香炉里升起袅袅细烟，茉莉的淡淡清香弥漫在屋子里。晶莹剔透的玻璃壶里，玫瑰、黄芪、枸杞在琥珀色的热水里上下翻滚，咕嘟咕嘟地诉说着关于本草的千年往事。眼前的书桌上，打开着一本《古典的春水》。轻轻翻着书页，窗外淅淅沥沥的雨声仿佛是一曲伴奏。

听闻古人有十大雅事：焚香、对弈、品茗、听雨、赏雪、候月、酌酒、莳花、寻幽、抚琴。此刻，在一个人的秋日午后，可以把焚香、品茗、听雨一起来享受。不知不觉间，日色渐变，凭窗望去，黄昏里，雨已看不分明，唯有那淅淅沥沥的声音仍然持续，像五线谱上的一个延长音符。

晚上，需要出门办事，却也无须更衣寻伞换雨靴。车在地下车库，目的地也可停车在地下车库。于是，雨中行，不需要做额外准备。穿梭在黄昏的街道上，隔窗听雨又是另一番情致，红灯等候时亦无须焦躁，去听，雨点敲打车窗玻璃、敲打车身和车顶，有着不一样的滴答和窸窣声。

穿行在秋夜的雨幕里，听雨，遐想。在那个为赋新词强说愁的少女时代，读《红楼梦》，记得黛玉说她素来讨厌李义山的诗，只喜欢那句"留得残荷听雨声"。听雨，有了浪漫的色彩，我甚至渴望房前屋后摆上大缸栽上荷花。后来读李清照的《声声慢》，"梧桐更兼细雨，到黄昏、点点滴滴。"在那样的年代，一个弱女子，家仇国恨、身世飘摇，真是"怎一个愁字了得"。我最喜欢的，还是苏东坡的雨，"疏雨过，风林舞破，烟盖云幢。""潇潇暮雨子规啼""雨洗东坡月色清""莫听穿林打叶声，何妨吟啸且徐行。"从东坡的雨里听到了旷达、阔朗、洒脱，对这天地万物的热爱，对生活永远的兴致勃勃。

"滴答滴答"，夜雨温柔，有节有律。行车穿梭在霓虹闪烁的雨幕里，内心宁静、安然，仿佛可以听到千百年前的雨声，可以去到无穷的远方，也可以随时回到温暖的港湾。

2022 年 10 月

似水流年

　　这一别就是十多年，梦里无数次徜徉于那幽深宁静的林荫大道，回到古朴的旧时校园。虽说离得不是很远，可是，世事变迁，俗事繁忙，未曾有合适的时间合适的同伴去圆我的梦。终于，在今天，在一个绿意繁盛的夏日午后，意外的机缘巧合，我就莫名地站在了那里，没有预先的计划，没有焦灼的期盼，突然间就这么相逢了！

　　事情是这样的，我受好友邀约带孩子们来古城博物馆，从北门进入，在偌大的院子里转了一圈，看完了植物和所有的展馆，眼前却是另一个出口。来到大门外已分不清东南西北，好友说："这里好像是你原先的学校。"我大惊！真的吗？忙四下开始打量，"启秀路"，再熟悉不过的名字，脚下真的就是我的母校！回头看，新建的博物馆阔气而又现代，我的古朴又略显逼仄的校园已无丝毫存留，心里满是惆怅与失落。沿着启秀路往南走几步，眼睛被吸引住了，起先还有些恍惚，但是当记忆的藤蔓爬上心头，我能断定，就是她——我的宿舍楼！她孤独地矗立在那里，显得与周遭的环境有些格格不入，但是，当教室与操场都不复存在，只有她还在，像个母亲般守着故园，等待着她的孩子们归来。仰头凝望间有了眼眶发热的感觉！楼前楼后仍是那些高高壮壮的水杉树，有些年头的树木了，他们依然挺拔，而我的宿舍楼，却写满了沧桑与衰老。曾经饱盛着蓬勃的青春与美丽、多少年少的心事、清脆的歌唱、欢快的笑语……一代又一代的女孩子，把最美好的年华和记忆留在了这里，带着梦想踏上未卜的征程。她们一个个、一批批地走了，带走了热情、梦想和肆意激扬的青春活力，于是，大楼失去了奔腾的血液，就这么一日日在流光中渐渐委顿，如今，她似一位饱经沧桑的老人，回忆着那些鲜活的日子，守护着满腹的故事。

大楼的前后窗户有多处玻璃脱落或破损，水泥墙面在风雨的洗礼下显得暗淡粗糙，两扇涂银的大铁门紧紧关拢，外面还砌上了一堵厚厚的砖墙，铁门只能从砖墙的顶端露出一个头。而一旁墙上的边门是木头做的，四边被钉牢，并上了一把大大的锁，锁上生满了锈。看着这熟悉又陌生的大楼，我心底有酸涩涌动。"我看青山多妩媚，料青山看我应如是。"莫名地想起这句话，只不过，此时此地不是青山妩媚，而是我看故楼多沧桑，故楼看我亦是尘满面吧。当年的那个皮肤光洁红润、双瞳晶莹闪亮的豆蔻少女手抱书本或者双肩背包在这里蹦蹦跳跳、进进出出，黑发飞扬，脚步轻盈，欢声笑语如银铃般，如今，站在她面前的女子，双眸不再晶亮无邪、失去红润的皮肤上亦沾上了岁月的点点斑痕，更有小女娉婷立旁高已及肩。料想故楼亦是认不出我了吧。

好想再与她亲近一些，再近一些，能够跨上楼梯、进入走廊，看一看我的"306"宿舍，那里记忆着我们八个小女生最美好的三个年头的青春岁月，喜怒哀乐、生活杂碎、成长的阵痛、少女的秘密……太多太多，一下涌上心头，怎能忘却？

孩子们的喧闹把我拉回现实，终归是要说再见了。城市日新月异，他日再访时故楼兴许也已不复存在。指缝太宽，握不住时光流逝，万物变换，我们只能接受与适应。

似水流年，逝去的只能珍藏于记忆，该做的就是经营珍惜好当下的分分秒秒。

最后还想起一句话："当我们终于回到从小长到大的故乡，才发现怀念的不是某个确切的地点，而是在那里度过的时光。"

2011 年 8 月

桥

"你站在桥上看风景，看风景人在楼上看你。明月装饰了你的窗子，你装饰了别人的梦。"卞之琳的一首《断章》为故乡的桥披上朦胧的诗意。

家乡海门，依江傍海，沟河纵横，水网密布。因为有了水的滋润，土地肥沃，草木丰茂，万物蓬勃。但也因了这无处不在的水，所有的路都不是一马平川，总是忽而碰到沟，忽而迎见河，一路前行便会遇见各式各样的桥。

出生成长在七八十年代的乡村，穿河过桥对于年幼的我来说是件特别烦恼的事儿。去上学、去走亲戚、去和小伙伴玩游戏、甚至是去农田里找妈妈，总是要经过那些长长短短、奇形怪状的桥，可以是一根木头、一堆砖块、一条石板，能够蹚水过河就行。最常走、最怕走的是一座水泥楼板桥，十几条横放着的水泥楼板形成一座桥。来来往往人多车杂，桥面破损严重，队里又没钱修缮。水泥楼板桥不是这根东头断半截，就是那根西头缺一段，哪块坏得实在不成样了就拿掉，把其他桥板匀开些，因此，桥缝越来越宽。每次过这座桥，我都是心惊胆战，脊背流汗。

外婆家和大姨家依着海门河而住，但是分隔在南北两岸。从我家到海门河北岸的外婆家，必定要过一座"卷边桥"，这是一座远近闻名的桥，应该也是有故事的桥。海门河行经到此时来了个直角转弯，河水从由西向东流变成了由南向北流，而这座卷边桥便横跨在东西两岸，她是一座高高的石拱桥，桥面由碎石铺就，两边有着坚固的石栏杆，过这座桥，不用担心安全，但是无比的费劲，从岸边的主路直角转弯进入桥面，既有锐利的角度又有突兀的高度，人人都是步履蹒跚、气喘吁吁地上桥。小时候坐着外公的 28 寸大自行车，到了这个桥必定要先从横杠上下来，外公年纪大了，着实无力推着驮着我的自行车上桥。这也罢了，累是累点，总归是平平安安的。从外婆家去河南岸的大姨家要过另一座桥，同样有着直角转弯和高拱的坡度，更吓人的是这个桥没有栏杆。走在桥上，两耳是呼呼的风声，脚底边就是宽阔的河面和深不见底的滔滔河水。我不敢独自过河，总是拉着路人的自行车后座或者衣服过桥。有时候实在遇不见其他人，就匍匐着身子，手脚并用，从桥的这端爬到那端。

上初中了，胆子大了些，村里那些断板缺口的桥是没有了，但是家门口的必经之路上却凭空多出了一座桥。原来，上级规划要求把我们村最大的一条河和隔壁村的河贯通，就把原来两村交界处一个宽整平实的泥坝打通了，在上面架起了一座十多米长的水泥板桥。虽然不是拱桥，高度和两端的路面齐平，但是桥面很窄，没有栏杆，是由两块楼板竖着平行着一段段对接，两块楼板平行之处还留着条缝。每天上学放学经过这座桥，对我来说都是一种折磨，我担心自行车的轮子会卡进桥缝里，担心自己平衡不好摔进河里。后来我宁愿骑车绕远路，从一条人烟稀少、两侧有很多坟堆的小路去上学，对我来说，过桥的惊忧超过了穿越坟堆的恐惧。我童年的梦境里无数次出现过河的情景，总是怎么都过不了桥。

在我年龄增长、胆子变大的时候，这些生在我童年里的桥也忽然间一个个都变了模样。从外婆家到大姨家再到我家，居然建起了一条大马路，再也不用东绕西绕走很长的坑坑洼洼的泥路了，黑亮的柏油马路直接连起了我们这三个点，一家人心心念念的场景居然成真了！而且海门河上的大桥平坦开阔气派漂亮。我们村里的那些桥也全部变成了平整宽阔的水泥桥，宽度足够汽车开过。老人孩子在桥面上来去自如，再没有安全问题。

穿河过桥，我从家乡小村走到了外面的世界，看到了更多的桥，听到了更多的故事。当年，三星镇叠石桥也是一座连接三地的乡村小石板桥，改革开放四十年，叠石桥早已从一隅小村变成了远近闻名的国际家纺城，三星镇人带着他们的五彩花布走过故乡的叠石桥，装点起全世界各族人民的家。

桥，在新的世纪，有了新的身姿。在江海大地上，在奔腾不息、浪遏飞舟的大江之上，左右矗立起了两座宏伟壮观的长江大桥，从此天堑变通途。气势磅礴的苏通大桥如一贯长虹飞架于大江南北，直指苍穹的桥柱和鳞次栉比的斜拉索，宛若一架架竖琴，在天地云水间奏响世纪华章。

童年的桥，是残破的、逼仄的、危险的，诉说着贫苦与无奈。如今的桥，是平阔安全的坦途、是雄伟壮美的地标、是曾经难以想象的不可能，是穿江越海的人间奇迹，彰显的是大国实力、人民智慧、民族自信。

桥，是一个链接，连接此地与彼岸，连接起跑线与目的地，连接传统与新潮，连接故乡与远方。我们是幸运的江海儿女，沐浴成长在改革开放的春风里，那一座座桥，扩宽的是视野和胸怀，撑起的是豪情与梦想。

2018 年 9 月

临江仙

隔着流年，隔着时空，隔着山川河流，听到了那声长啸，瞥见了那次回眸，赞叹于思想的灵妙，神伤于境遇的无奈。无法成为演员去演绎各异的生命，但可以成为幸运的读者，随时随地与精彩的灵魂链接。

我想当一只飞扇蚂蚁

——读王春鸣《桃花也许知道》

　　春鸣说："网上的朋友，读了我的散文，都猜测我长发如云彩，温婉如宋词，我也想那样，但我不是的。"

　　很多年前，我第一次读春鸣的文字，那篇《刻在一根竹子上的名字》，一下子便被牢牢吸引，我想假如我是男子，必定是会爱上她的。她的文字总是和乡野里的大风、阳光、土地、植物和花朵有关，一遍又一遍，就如她说的"有一些词，我会像口红那样上百次地重复使用它们。"我也一样，对于大自然的风物，总也爱不够、写不尽。

　　奇怪的是，我从来没有去想象过春鸣应该长什么样儿。直到有一天在她的书上看到了作者的照片，绣虎春鸣，短碎发，穿着棉布衣裙，一个有一点点疏离尘世，高冷、脱俗的女子。我有种直觉，现实中的春鸣应该比照片更美。几年前，偶然的机会，我在朋友聚会的饭桌上见到了生活中的春鸣，她就坐在我的旁边，我可以近距离地细看她。果然，她比照片上更纤细清瘦，穿的是月白色棉布长褂，上面有着斜开襟、纽盘扣，外罩羊绒大衣，戴着棉质长围巾。她吃饭时脱了大衣，更显轻灵，我着迷于她的皮肤，那是一种闪着光泽的白，细腻如瓷。她讲话的声音频率缓慢，听上去妥帖、舒服，又有着大大咧咧、迷迷糊糊的可爱和幽默感，总之，跟她在一起，体会不到大才女的孤高清冷，而是轻松随意，笑声不断。那晚，加了春鸣的微信。

此后，在微信上读春鸣的文章或者随心所欲地日常胡扯，总是能笑出声来的，并且也爱乐此不疲地向同事、朋友推荐春鸣的文章。这本《桃花也许知道》，我是必须拿着笔看的，因为随时都会有让我惊叹而不得不划出来的句子，有时候还要抄下来。席慕蓉在序言里说："春鸣的散文，常常能用非常精确的文字为我们把握住那些原先只能是一瞬即逝的飘忽的触动。每一篇文章其实就是一首散文诗，需要慢慢诵读、静静体会。"所以我把那些有着强烈共鸣或者让我惊艳不已的文字标注下来，"好多酒和酒器，都有它们生不逢时和遇人不淑的委屈。""唯有在苏州，竟看见干将、莫邪都被用作路名。这真是一个剑胆琴心的城市。""白兰花冷漠的香味穿透了空调的暗夜，想起这些，我是幸福过的，因为我曾经享有过真正的清凉，它来自大地，来自河流，来自花草的内心。"

她的文字没有多么宏大的题材，多是关于诗、酒、花、音乐、爱情、母亲，还有那些我们身边的事物，尤其是旧时年月那些关于家园的印迹。她写《小瓦》："小瓦，我念着这个名字，像在风里，不知道拾到一个谁的小名。""素面夹砂的瓦，它毕生坚持着半个拥抱的姿态，所以看见它的人就想回家。"她写《蚕豆》："在两扇合抱的门背后，小小的豆子确实美如碧玉，明明内心里有一个尖尖的嫩芽，却覆掩着鹅黄的眉。""如果一定要剥离春天，它期待的，是桑木门槛上，一双腕套银镯的纤纤的手。"

她的那些可爱的想法总是逗得我发笑，"我从此对制药炼丹无比向往，二十岁前，每逢发热咳嗽，晕晕沉沉中，总是盼着有个和尚或是道士出现在病床前，留下一个青花小瓷瓶。""在我小的时候，为了体验做一棵树的感觉，曾经将自己的双脚埋在坑里，在一棵槐树旁站了许久。我得到了一个疲惫的下午和一双弄脏的鞋子，还知道做一棵树，站着，从生到死，是一件不容易的事儿。"还有，她和弟弟在家里设置了宝藏，把钱埋在房间的地砖下。她爬到树上，用一根细线黏上一毛钱的纸币专门钓树下穿梭往来的路人。这些故事都被她描述得妙趣横生，读来笑疼肚子。小时候我也是个爱胡思乱想的丫头，但跟春鸣一比，远不是一个级别的。

她说：曾幻想自己，是唐朝一个佩玉的女子。我也是的，无数遍幻想过云鬓高挽、衣袂飘飘、环佩叮当，款步于庭院回廊间⋯⋯

我是多么喜爱春鸣的文字啊，我想，那是因为她表达出了那些我心底很想倾诉但绝对找不出如此可爱的词句来描述的况味和情感。春鸣说："蚂蚁搬家，我这样写字。离开纸，心里的幽灵就隐隐作痛。我搬了许多字回去，在心里盖了一间房子，像卷心菜一样柔软而清香的房子。"我想当一只飞扇蚂蚁，在这清香的卷心菜里来来回回，一层层地转悠、沉醉。

2018 年 1 月

故乡是永远的童话

迟子建是我和女儿都喜爱的作家。

最初吸引我的是她的故乡，她出生在我国"北方第一哨"——漠河北极村。那个地方有着总也过不完的冬天，一年有半年多在飘雪。生长在那样一个地方，对我来说就似一个童话。

读她的散文《我的梦开始的地方》，印证了我的想象，漠河的夏天，短暂浓烈，形形色色的植物几近疯狂地生长着，它们似乎知道属于它们的日子不可多得。读到这里，我的脑海就闪现出在北极村的阳光里，那些疯狂地抽丝拔茧开花的矢车菊、爬山虎……在没有雪花的日子里，它们劲歌艳舞斑斓着这个小村落。在那片可爱的土地上，陪伴她成长的，还有铺天盖地的大雪、轰轰烈烈的晚霞、波光荡漾的河水，千年不遇的日全食、开满花朵的土豆地、雪地上飞驰的雪橇等。这些关于大自然的描写令我向往着迷。

她说："在这样一片充满灵性的大地上，神话和传说几乎到处都是。在漫长的冬季里，每逢夜晚来临，大人们讲的故事，与鬼怪是分不开的，我常常听得头皮发麻，恐惧得不得了。"看到这段，我又想起了自己小时候的情景，简直跟她一模一样。夜晚微弱的灯光下，一屋子的大人聚在一起讲鬼怪故事，我揣着一颗怦怦乱跳的心躲在一个小角落里听，惊恐的双目不断四处张望，尤其关注大门门闩，时刻准备着有任何动静就躲避或逃跑，那种想听又惊恐、害怕但又好奇的心态估计很多孩子都曾有过。

在迟子建的文字中，时常出现大自然的景物，山峦、河流、冰雪、白桦、青杨。我也是极喜欢大自然的山山水水、树木花草的，所以读她的文字仿佛看见自己的心。很羡慕她，她说每年的生活是由旅行和写作组成的。但走遍千山万水，故乡是她每年必须要住一段时日的地方，在那里，生活因寂静、单纯而显得格外有韵致。她的窗外有远山和绿树，空气清新、视野宽广。她说在外久了，就会思念故乡的寒冷，寒冷也是一种温暖。

她写的那些故乡童年的人和事让我也陷入温暖会心的回忆中，比如"暮色中的炊烟""傻瓜的乐园"。我不禁忆起小时候中午或傍晚放学路上遥看村子里家家户户房顶上升起的袅袅炊烟，那是家和温暖在召唤。现在的孩子基本已看不到炊烟，有点心生遗憾。还有每个村子都会有几个傻瓜的，他们的存在，给处于游戏年龄的孩子们带来了各种快乐。

当然，她的文字也有忧伤和沉重，爱人的意外离世是她心头永远的痛。走出苦痛她也愈加强大、坚韧。书的最后，是一篇"从山峦到海洋——《额尔古纳河右岸》跋"，讲述她创作这部小说的过程，她说她非常喜欢贝多芬的《田园交响曲》，她把这部小说比作自己谱写的心中的交响曲，"是否会有听众，我没有那么大的奢望要获得众生的喝彩，如果有一些人对它给予发自内心的掌声，我也就满足了。"

我想，她一定是满足了，因为掌声足够响亮持久！

2016 年 11 月

自得其乐

汪曾祺在他的散文《自得其乐》中说，一个人在写作的时候是最充实的，也是最快乐的。人在一种甜美的兴奋和平时没有的敏锐之中，这样的时候，真是虽南面王不与易也。

先生是个对生活满怀挚爱深情之人，兴趣爱好甚多，最主要的如他所说是写写字、画画画、做做菜。看他用轻松有趣的文字写他从小开始的书法和绘画经历也是很有意思的。他的成长与家庭氛围脱不开关系。祖父家中有各种藏书字画，他自幼习字临帖。父亲是画家，他习惯观察父亲作画。父亲没有刻意地让他接受师承教育，可能正是这种宽松的环境，让童年的汪曾祺在耳濡目染间对绘画有了兴趣。这个潜在的天赋，在他遭遇生活的困苦之时给他带来意外之喜。当年，他被打成右派，下放劳动之余，通过绘制植物图谱充分展现了他的绘画功力。在之后的政治运动中，为了纾解郁闷心情，他操起画笔随意抒发，没想到无心插柳柳成荫，朋友们都喜欢他的画。

在书法绘画中，汪曾祺享受的是那种舒心的状态。他说中国画有一种乐趣，可以在画上题诗，可寄一时意兴，抒感慨，也可以发一点牢骚。他说自己的画，遣兴而已，只能自己玩玩，送人是不够格的，还请人刻了一枚闲章：只可自怡悦。

写作、书法、绘画，听起来都是高雅之事，甚至可以想象汪曾祺是个整日浸淫在书房之中的白面书生，其实不然，他的可爱之处就是既能阳春白雪，又沾烟火之气。他说如果体力充沛，材料凑手，做几个菜也是很有意思的事。他喜欢逛菜市场，体会热热闹闹的生活气息。他做菜出了名，常有远道而来的文坛好友指明了要上门吃他做的菜。

其实，无论是写作，还是书法、绘画、做菜，无所谓高下、雅俗之分，都是他用心创作的过程。借助笔墨刀铲，表达的都是他对生活的热爱，是他说得自得其乐。

现代社会，生活工作节奏越来越快，我们开始怀念"从前慢"的诗情。当现实环境暂无法改变，不妨学会自得其乐。听闻古人有十大雅事：焚香、抚琴、对弈、品茗、酌酒、听雨、莳花、读书、候月、寻幽。现代人时间宝贵，也不可能人人有这样的闲情雅兴，唱歌跳舞、烹饪编织、钓鱼种菜、健身冥想、清扫收纳……都可能让人陶醉其间。不管是什么样的方式，自得其乐，无须在乎他人的看法，强调的是倾听内心的声音，做自己想做的事儿，让心灵放飞休憩，获得愉悦放松之感。

活得最有意义的人，不一定是活得最长的人，而一定是对生活最有感受的人。

2021 年 3 月

如　玉

　　第一次听说玉，应该是小时候父母给我讲《红楼梦》的故事，家里房间的墙上贴着年画，连环配图贾宝玉和林黛玉的故事。年画就在我的床边，我清晰地记得每天起床站在床上穿衣服，就能看到这一套3张的《红楼梦》故事。贾宝玉是个衔玉出生的富贵公子，胸前佩戴一块玲珑剔透的"宝玉"，这是我对玉最初的印象。

　　十岁左右，母亲给我看过家里藏的一块玉，说是祖传下来的，约3厘米见方，形状不规则，母亲说这是一个花篮的造型，我觉得看上去不太像，也不够晶莹剔透，兴趣不大。母亲说身上佩戴了玉，摔跤就摔不坏，民间有种说法"摔在玉（肉）身上"，在家乡话中，"玉"和"肉"是谐音。关于玉的价值，这应该是我听过的最朴素的解释。

　　少女时代，我开始幻想浪漫唯美，喜欢"轻罗小扇扑流萤""小园香径独徘徊"的意境。"环佩叮当"是我自小喜欢的一个词，在这个词里，可以安放我所有的想象。幻想中的古典仕女除了琴棋书画，还应有玉相配，发间插玉簪，腰间挂玉佩，手腕戴玉镯，行动举止优雅灵动。

　　读《穆斯林的葬礼》，不知道流了多少眼泪，但是对玉也有了更多的了解，世间有那许多爱玉、琢玉、藏玉，为玉痴迷一生的人。读历史，也生出了更多好奇之心。在华夏文明发展之初，就出现了对玉器的重视和崇拜，但在世界上其他地方很少出现，即便极少数几个地方出现了，也没有持续多长时间。在中国，新石器时代早期的很多文化中心就出现了玉器，玉始终伴随着我们的中华文化绵延。费孝通先生曾经说过，中国的玉器是西方文化中未见而是中华文明所独有的。这令我骄傲。

如果要形容东西方美女，也可以用玉和钻石来打比方，钻石如西方美女，轮廓精致，美艳闪耀，夺人心魄。玉则如东方女性，温润、柔和、细腻、晶莹，不具攻击性，自有一番亲和怡人。

玉的妙处在于它是无性别的，可以形容女性，也可以形容男子，"谦谦君子温润如玉""玉树临风""被褐怀玉"，古时男子多腰间佩玉或手戴玉扳指，以此体现身份、修养和权力。玉，可以佩戴，可以把玩，可以做器具。同时，玉也被赋予了各种美好品格，《说文解字》中写：玉，石之美者，有五德。润泽以温，仁之方也；鳃理自外，可以知中，义之方也；其声舒扬，专以远闻，智之方也；不挠而折，勇之方也；锐廉而不忮，洁之方也。所以我们看到，自古以来有那么多含玉的词语来形容美好：冰肌玉骨、面如冠玉、冰清玉洁、金童玉女、金枝玉叶、如花似玉、亭亭玉立、玉洁松贞、抱玉握珠、昆山之玉……由此可见我们这个民族对玉有怎样的一份深情。

那句脍炙人口的"此心安处是吾乡"便出自苏东坡的《定风波·南海归赠王定国侍人寓娘》："常羡人间琢玉郎，天应乞与点酥娘。自作清歌传皓齿，风起，雪飞炎海变清凉。万里归来年愈少，微笑，笑时犹带岭梅香。试问岭南应不好，却道，此心安处是吾乡。"苏轼把好友王巩（字定国）称为"琢玉郎"，当年王巩因为受到苏轼"乌台诗案"牵连，被贬谪到地处岭南荒僻之地的宾州，其歌妓柔奴毅然自请随行。在当时的"瘴烟窟"生活了五年，历经各种艰难险阻，多年后两人北归，东坡见到他们无比欣慰。柔奴为东坡斟酒。东坡探问背井离乡的艰辛，柔奴笑答"此心安处，便是吾乡"。苏轼听后，大受感动，作此词以赞，遂成名篇。"琢玉郎""点酥娘"，多么美好的两个词，真正一对璧人，可以看出东坡对挚友人品心性的欣赏和赞美。

随着年岁的增长，对玉，更增了一份喜爱，她晶莹、柔润、缜密、纯真。钻石是有价的，按克拉算。玉是无价的，全凭喜欢。生活之中，美好之事亦有很多，读书也是其中之一，"书中自有颜如玉"，不论此句的本意，对我来说，阅读同样能带给我如玉在手的享受。

2022 年 11 月

此生未完成　斯人亦未远去

——读于娟《此生未完成》

史铁生曾写，在他"最狂妄的年龄上忽地残废了双腿"，无数个日夜他独自坐着轮椅，在荒废的园子里反反复复思考生与死。那么，对一个鲜花着锦、前程无量、正值盛年的青年学者、年轻母亲来说，突然之间被剧痛折磨并被告知是癌症晚期、来日可数又该是怎样一种打击？

于娟，毕业于上海交大，挪威留学获硕士学位，归国后又获复旦博士学位，后执教于复旦大学。之前，她的人生是完美的，聪慧热情、率真开朗、活力四射，极具个性魅力，学业事业成功顺利、爱情婚姻和美幸福，朋友无数、生活绚烂。可是恰应了古人那句话：福兮祸所伏。突然的腰痛引出难以想象的灾难，疼痛得不能动弹、生不如死却硬是查不出疾病，经历九死一生的疼痛折磨，她终于被确诊是乳腺癌时，她和父母都松了口气，总算排除了其他可怕的疾病，却不知道她的乳腺癌是恶性程度最高的低分化癌，而且是晚期，癌细胞全身转移。生存期最多两年。

可是于娟的可爱可敬之处就在于，她没有自此倒下，而是乐观、开朗、顽强地接受和面对这一切。她在病房里和病友们谈笑风生，谈论各种脱发和假乳故事，她是乳腺科住院部里最受人喜爱的病人。她和丈夫（理工男博士，她称他光头）轻松地讨论各种大问题，如保留子宫、卵巢，给光头找备胎等。她用轻松幽默的语言描述她与疾病抗争的 2010 年，因此我在读这些故事时忍不住泪中又带着笑。其实，从小活泼爽朗、争强好胜的于娟面对年迈的父母、稚嫩的小儿、情深的丈夫以及热爱的能源林环保事业，有着太多的不甘和不舍。无奈她和家人的坚定执着没能感动上帝，肿瘤细胞和她年轻的生命一样精力充沛，她终是一日日虚弱下去，直至生命终结。

还好，她在人生的最后半年拼着命留下了这些文字，让我们看到一个生命里曾经充溢的那些丰盛、欢乐、希望、无奈与苦痛，每个人读到时，或多或少内心都会有触动。

看前半本书，在她轻松活泼的语言里我总感受到沉重，尤其作为一个医护工作者，在看她对整个求医过程的描述时，总会联系到我们的工作，对一个处于病痛中的患者来说，四处求医非常无助又艰辛，医务人员的举手投足间的人文关怀是多大的温暖和慰藉。

读后半本书，是在疗伤，收录的都是于娟之前写的散文随笔，写亲人，写朋友，写童年，功底扎实又不乏风趣灵动，看到她最后那篇《女人三十》时我是心酸的，她说：不知道十年后，我是否仍然会在这样静思的夜里为自己写生日感言。回看今天，会不会莞尔这字里行间的稚气未脱。人生浩渺，我等待我的那份精彩。

还有一点让我心酸的是她称为"光头"的丈夫，一个交大的青年才俊，在于娟的描述中是个淳朴、厚道、思维单纯，有时又有点一根筋的可爱理工男，在老婆生病的日子里，他四处奔波日夜侍候，天天为全身骨坏死的妻子擦屁股，他说"我求老天让你活着让我这样擦五十年屁股"。他坚信他们可以创造奇迹可以战胜病魔，所以他从未放弃。在爱妻死后，他悲痛欲绝，他一直思考："我和于娟并行了十五年，她的生命在这一刻戛然而止，我的生命还在吗？如果她没有遇到我，现在在干什么？我想我一生都会背负着这个问题，无法解脱。"

看到这个男人的这段话，我又忍不住落泪，对书中的这个光头，有着一份心疼！肿瘤患者的家属往往承受着常人难以想象的苦痛。

再翻到书的前两页，是于娟的照片，每一张上都是甜甜地笑，这个女孩，真是很讨人喜欢，她说她喜欢一切好吃的，好玩的，喜欢跟有趣的人交朋友。她对这个世界真是满腔热爱，此生未完……

你笑着，盈盈地笑
让奔逝的生命充满四射的活力
即使你已经离去
我依然能闻到你留下的春的气息

2018 年 8 月

风从原上来

　　忙碌的生活需要一些感叹号来点缀，我给自己的奖赏是每年观赏一部话剧。这个夏天，有幸与陕西人艺版《白鹿原》相遇。

　　苏州文化艺术中心大剧院1200余人的剧场内座无虚席，从日暮到午夜。一部剧3个小时，中场休息一刻钟，演出期间，观众席肃静无声，每一句台词都能清晰地传达至各个角落。大家屏息凝神，跟着演员的情感或叹息、或忧伤、或紧张、或轻松，偶尔还会被导演设置的诙谐台词逗乐。

　　在一段苍劲哀婉的陕西老腔声中，全剧终。演员开始按序登台谢幕，掌声从四面八方响起，持续不断。当最后两位主演，"白嘉轩"和"鹿子霖"携手登台谢幕时，观众席上爆发出热烈的欢呼声和雷鸣般的掌声。此后，灯光亮起，主演携全体演职人员集体谢幕，掌声愈发热烈和持久，演员们牵手上前、鞠躬、后退，再上前、鞠躬……演员们五次集体谢幕，掌声就一次连着一次，分不清开始和结束，反反复复。虽然已近午夜，但是没人急着离开，大家依然守在现场，以炽热的目光和鼓动的双掌来表达诚挚的感谢和深深的敬意。感谢他们展现了如此精彩的一场演出，钦佩他们对艺术的执着追求。那一刻，我身在其间，真是心潮澎湃、热泪盈眶。这是一场盛宴，属于《白鹿原》，属于全体演职人员，属于所有观众，这注定是个令人难忘的夜晚。舞台上灯光熄灭，黑色的薄幕缓缓垂下，全体演员依然在幕后肃立着，等待观众散场。而观众们，仍迟迟不愿离去。时间实在是不早了，我和女儿恋恋不舍地离开座位走出剧场，来到大厅，看到很多观众也都眼含热泪，热切地讨论着，而身后的剧场里，还在传来阵阵掌声。凉爽的夜风从湖面上拂来，震撼的心绪依然久久不能平复。作为观众，我们是幸运的，应该也是合格的，参与了这场台上台下的同频共振。这也是话剧的魅力吧，你虽然不在舞台，但你也参与了演出，大幕开启和落下间，体会一种神秘的仪式感，那一刻，你可以在现实和戏剧里穿梭行走，那是一种妙趣。

这里不再赘述原著《白鹿原》的精神内核，只想说说作为话剧的《白鹿原》给人带来的震撼。正如剧中有台词：鹿三是"白鹿原上最好的长工"朱先生是"白鹿原上最好的先生"。而这场《白鹿原》，无疑是我看过的最好的话剧。

"看完这部剧，根本记不住演员的姓名，因为他们就是小说中的那个人物。"这是很多观众的评述。没有鲜亮的背景，舞台上一直是幽暗的色调、高耸的牌楼、威严的祠堂；也没有好看的服饰，很多群演都穿着黯淡臃肿的棉服；更没有华丽的语言，演员全部用地道的关中方言。曾经还担心陕西方言的台词会影响观赏效果，其实不然，现场的观众没有丝毫理解障碍，很容易就进入这个语境，当然也有电子显示屏同步直播台词。就是这样素朴的背景、幽忽的灯光、原生态的语言和音乐，这样一群没有被观众记住名字的老戏骨，用他们对原著的深刻理解，用他们纯熟的演技在舞台上展现了一群白鹿原的生民，将白鹿原上数十年的爱恨情仇，将这部 50 余万字的文学经典展现得精彩绝伦。

印象尤其深刻的是此剧采用"歌队"的形式来推进剧情。那些穿着破旧、身形臃肿、表情丰富的群演，以千姿百态的陕西关中村民的形象成排成队出现，异口同声，或诉说、或解析、或叩问、或提示，对一些剧情信息采取不一样的传达。尤其是以陕西老腔说出的那句"就是的！"极具感染力，启发思考，又增加了诙谐意味。

因为编剧的匠心设置，所以话剧中有一些轻松诙谐的节点，还有好几处催泪环节。小女儿白灵离家十几年后的一天，白嘉轩在姐夫朱先生面前坦诚心迹："我一辈子没说过软话，但是今天我就想说一句：'我真的想她啊！我想我家姑娘灵灵了。'"看到这里，我的眼泪哗哗直下。白嘉轩对幼女的挂念，是这个一身硬骨的老父亲内心最柔软的地方。恰好父亲节在即，我想观众席上的父亲们肯定更有感触。

观剧结束已经有些时日，但震撼的余波依然在心头荡漾，我觉得总该做些记录和表达。最后，借用女儿的日志片段来结尾："我喜爱话剧，特别是《活着》和《白鹿原》，他们带给我的影响是：生活中有无法避免的悲伤，在此之中，生而为人，我们依然有力量活下去，在痛苦中保持乐观，无论在怎样的境遇下，我们依旧有自己的底线、有善良的人情、有仁义、有挺直的腰杆，在无法躲藏的生命之无奈、悲伤之后，我们仍有闪光的人格和闪烁的希望。无论如何，生活总是可以继续的，将痛苦化为内心的开阔，在忧伤中成为更迷人的平民英雄。"

2019 年 9 月

第二辑 临江仙

遇见小格格

——从《状元媒》到《采桑子》

叶广岑的《状元媒》，45万字、546页，读它绝对是个体力活。在一个风雨交加的夜晚，泪眼婆娑间，我终于完成了对这本书的阅读。

掩卷之后，很长一段时间我依然沉浸在那种气氛中，沉迷于老北京的味儿。老北京，我在文学作品里感受了很多，最早是《城南旧事》，后来是《京华烟云》《骆驼祥子》等，那些是平民、中产和底层的老北京生活，《状元媒》展现的是王孙贵胄的生活画卷。它以小格格"我"的视角，讲述了清朝最后一位状元刘春霖做媒，促成了"我"的父亲金瑞祓（一位清朝皇室后裔）与母亲陈美珍（一个来自南营房的平民姑娘）之间的婚姻，由此引发了金家大宅门里的许多故事。

贵族生活大概最不缺的就是钱和闲，所以他们会花精力寻找生活的精致和雅趣。如对吃的讲究，高层次一些的看重风雅之事等。仗着祖先的福荫，他们无须辛苦劳作，日常生活就是与琴棋书画为伴，喝茶听戏，遛鸟斗虫。有些确实成了"家"，在文化艺术领域有一定造诣，如小格格的父亲成了出色的金石书画鉴赏家，七哥哥的花鸟工笔画也十分考究，成了名噪一时的画家。但也有的则是玩物丧志，比如那位迷上了斗蟋蟀的舅爷爷。当我深入他们的内心世界时，我发现除了恨其不争，还另有一份恻隐之情。

叶广岑对传统文化的直接体验与研习、对世事交变的经历与敏锐感知，造就了其自身修养，加之浪漫现实主义艺术风格，共同赋予了这部作品非比寻常的文字魅力。

读完《状元媒》，听说作者还有一本姊妹篇《采桑子》，我一直挂念着想找来读。那次和女儿逛书店，竟然遇见了。捧在手上时，我有种和失散多年的亲人意外相认的惊喜和激动。

作者深厚的传统文化底蕴令人赞叹。《状元媒》的各个章节被冠以 11 部京剧戏名而写成，却毫无违和感，《采桑子》整部书以晚清才子纳兰性德所著的《采桑子·谁翻乐府凄凉曲》串联贯通，照样句句妥帖。

"谁翻乐府凄凉曲/风也萧萧/雨也萧萧/瘦尽灯花又一宵/不知何事萦怀抱/醒也无聊/醉也无聊/梦也何曾到谢桥/曲罢一声长叹。"

作者按序引用这阕词中的一个句子来开启一个章节，讲述这个世族大家庭里一个或几个人物的命运。一阕词、九句话、九段故事，看似独立，又有着牵扯不断的关系。自清朝后期，一直讲到改革开放，百年的风云变幻，读来荡气回肠。

阅读过程中，伴随着小格格跌宕起伏的人生经历，我时常会浮想联翩：假如她早生 100 年，那么她也跟之前无数的格格一样，接受祖先的福佑，过着深宅大院的生活，不识大宅门外平民生活的苦忧悲喜，锦衣玉食中有着自己的各式烦恼。但她出生在了那个波澜壮阔的年代，一个人的经历仿佛是几辈人的命运。

"谁翻乐府凄凉曲，风也萧萧，雨也萧萧。"此刻掩卷，放眼四望，庭中繁花满枝，软风摇柳，正是春色满园，却忍不住长叹一声！

2017 年 9 月

第二辑 临江仙

不一样的沈从文

最早知道沈从文，是源于《边城》，源于翠翠，自此喜欢上了沈从文的文字。后来，因为那句著名的话"我行过许多地方的桥，看过许多次数的云，喝过许多种类的酒，却只爱过一个正当最好年龄的人。"了解了他和合肥张家四姊妹之三妹张兆和的情感故事。当年他在中国公学当老师，爱上了女学生张兆和，展开热烈的追求，最后由于校长胡适的热情撮合，他终于把意中人娶回了家。可是他们的婚姻生活并没有期待中的和谐完美。

四姐妹之二姐张允和在散文集《最后的闺秀》，有一段文字讲到沈从文和张兆和的晚年，沈从文去世后，张兆和整理他的所有作品，在这个过程中，张兆和发现自己能更深刻地理解沈从文了。不得不说，这份理解似乎来得晚了些。

前阵子，女儿给我推荐了一本书《沈从文与我》，是沈从文的表侄黄永玉写的。黄永玉是著名的画家、木刻家，本身也是个非常有趣的老头。看他写表叔沈从文，肯定有不一样的感觉，读完果然不失所望。

"我们那个小小山城不知由于什么原因，常常令孩子们产生奔赴他乡的献身的幻想。从历史角度看来，这既不协调且充满悲凉，以至表叔和我都是在十二三岁时背着小小包袱，顺着小河，穿过洞庭去'翻阅另一本大书'的。"他们两个有那么多的相似。但是，黄永玉这样将自己和沈从文比较："他不像我，我永远学不像他，我有时用很大的感情去咒骂、去痛恨一些混蛋。他是非分明，有泾渭，但更多的是容忍和原谅。所以他能写那么多的小说。"黄永玉钦佩表叔精神层面的坚韧，欣赏表叔那种从容不迫的人生姿态。

"文化大革命"期间，沈从文被下放到湖北咸宁的乡下，在最艰苦的条件下，完全凭着记忆，他写下了《中国服饰史稿》的补充材料。他还以黄永玉的家族故事为背景来写湘西的历史沧桑。黄永玉在五七干校收到了沈从文从湖北咸宁的干校里寄来的长篇小说手稿《来的是谁》全部用蝇头行草写的，共8000多字，情调哀凄且富于幻想神话意味。在那个时候，那种地方，那样的条件下，沈从文能在辛苦的劳作之余静下来创作，源于他有一颗开阔而宁静的心。

黄永玉说，从文表叔一家老是游移不定，没有一处舒适些的居所。在旧社会他写过许多小说，照一位评论家的话说"叠起来有两个等身齐"。那么，他该有足够的钱去买一套四合院的住屋了。没有。他只是把一些钱买古董文物，有玉器、宋元旧锦、明式家具……买成习惯，送也成习惯，后来这些古董文物全被搬到一些博物馆和图书馆，有些连收条也没打一个，渐渐地人们知道他无所谓，索性连捐赠者的姓名也省却了。

"文化大革命"结束，回到北京城，沈从文家原来的三间房子只剩一间，后来在各界的关心下，在另一条两里远的胡同里，他们有了另一个房间，被戏称为"飞地"。沈从文在原来的房间里写作、会客，小小的房间里到处是书和图片、纸条，床也不是睡觉的床了，都放着随手可得的图片，夜晚，沈从文就在躺椅上休息。每天下午5点，沈从文就提着竹篮子去"飞地"——夫人张兆和的住所里去吃饭，并把次日的早饭和午饭用竹篮带回去。夏天，亲朋好友担心他这样吃饭容易害病，他却胸有成竹地说：

"我有办法。"大家洗耳恭听他的好办法，却听他说："我先吃两片消炎片。"这样的沈从文，他的物质欲求很少很少，只是分外珍惜创作的时光。

"在从文表叔的家里，常常碰到一些老人：金岳霖先生、巴金先生、李健吾先生、朱光潜先生、曹禺先生和卞之琳先生。他们相互之间的关系温存得很，亲切地谈着话，吃着客人带来的糖食。"那画面好温暖，令人不由想起20世纪30年代北京城梁思成林徽因家的客厅，也是谈笑有鸿儒，往来无白丁。只不过彼时都是热血青年豪情满怀，如今则是白首老翁赤诚相待，这份情谊令人感叹和向往。

在不同的时期，作为长辈，沈从文一直在关心着黄永玉，写了很多书信，引导他确立事业的方向，以及教育他对待事业的态度。有一封信上这么说："关于我，你应该放心，一个人挣扎了三十年，什么苦都吃过了，且认真工作了二十年，对生命，也算对得起了。历史伟大，个人渺小，万千善良的农民为追求一个进步合理的原则，都勇敢牺牲了，我们一点小小痛苦，不能说，不应说！"

这"不能说，不应说"该是多大的胸怀和气量！读完此书，对沈从文，才情之外，我又多了更多的钦佩和尊敬。

2019 年 7 月

包子的诱惑

我们悦读群上一次的读书会，聊的是绘本阅读，而关于怎样读绘本，每个人都有不同的看法和经验。据悉，各地的教育专家也在尝试以不同的形式来指导孩子们读绘本。有的建议先看图，根据图在脑子里先想象一个故事；有的建议先读文字，通过文字想象画面和形象。到底哪种方法更合适？可能因人而异。比如我们悦读组的爱华说她是喜欢读图的，搜集了几米的全套绘本。她有时候随意翻开绘本，看到一张图，那些色彩就让她心情愉悦，对她来说，读图就有疗愈功能。当时，我就在想，可能每个人的思维方式是不一样的，有的人属于视觉型思维，直观的色彩图片就可以刺激大脑促进思维；有的人是想象型的，更加擅长通过文字来诱发思维形成自己的想象空间。我当时还判断不出我属于哪一种类型。

一周后的一个夜晚，当我读余华的散文集《没有一条道路是重复的》中一篇文章《包子和饺子》时，我可以确定我的思维是属于文字想象型的。

我曾和朋友讨论过，我对吃的态度是可有可无。遇上好吃的，我会大快朵颐，吃得眉飞色舞。但没东西吃我也安之若素，不会对食物心心挂念，更不会为了吃而去排几小时的队。看到朋友圈中展示的各类美食我也没有艳羡之感。

但是，这次，在读余华这篇文章时，我却生出了非常强烈的要吃包子的欲望。我在家中冰箱里翻找，运气很好，找到了朋友送的如皋蟹黄包。因为有胆囊炎的缘故，之前我对这蟹黄包是根本不敢碰的。但是今晚，来自身体内部最原始的食欲战胜了一切理智。我取出了蟹黄包，放在电蒸锅上蒸，一会儿时间，香气弥漫整个厨房，我迫不及待地吃上了热乎乎的蟹黄包，跟想象中的一样好吃，而且感觉这个包子的美味战胜了以前吃过的所有包子。我心满意足，继续读余华。

其实余华在书中并没有描写包子怎样的好吃，而是描写他童年时家里吃包子时的隆重气氛；他帮着父亲揉面时的期待心情；他哥哥为了难得的吃包子机会，宁愿把皮带换给弟弟而一路拎着快掉下去的裤子迫不及待吃热包子的场景；还有十年前他自己和一群朋友在天津吃狗不理包子的难忘故事：起初，他们贪心得想把七十多个口味的包子都尝一遍，结果吃到三十六笼后怎么都撑不下去了。"谁也不敢再吃了，再吃就会将胃撑破了，而桌上包子还在增加，最后我们发现就是看着这些包子，也使我们感到害怕了。于是我们小心翼翼地站起来，小心翼翼地走下楼梯，小心翼翼地来到街上。我们一行十个人站在街道旁，谁也不敢立刻过马路，我们吃得太多了，使我们走路都非常困难，我们怕自己走得太慢，会被街上快速行驶的汽车撞死。我们就这样站在街道上，互相看着嘿嘿地笑，其实我们是想放声大笑，可是我们不敢，我们怕大笑会将胃笑破。我们一边嘿嘿地笑，一边打着嗝，打出来的嗝有着五花八门的气味，这时候我们想起了中国那句古老的成语——百感交集"。

读到这段，我忍俊不禁。幸好我只找到了一个包子，我开始仔细回味唇齿间的感觉，这个蟹黄包，真是鲜美无比，我把胆囊炎抛在了九霄云外。因为余华，因为包子，我又一次以一种全新的感受品尝到文字阅读带来的快乐，她可以引发无尽想象，这时候我想起了中国那句古老的成语——随心所欲。

2019 年 3 月

我对三毛的误解

"小姑",是个亲切又温暖的词,念上去就有种亲热感,一般来说小姑跟侄辈年龄相差不是太大,自然很容易跟侄辈玩到一起,感情也会更深厚。

《我的姑姑三毛》就是三毛的侄女陈天慈写的她眼里心里的"小姑"三毛。天慈天恩是一对双胞胎姐妹。在小姑三毛丧夫受伤回到台北后,这对9岁的双胞胎小姐妹时常陪伴着姑姑,她们是姑姑的跟屁虫,更是姑姑的小天使。这个姑姑在她们眼里是充满神秘感的,有洒脱的行为,洋气的打扮,酷爱读书,还有些奇怪的看法,无不令她们着迷。小姑带她们体验各种不一样的生活,按照她的教育理念帮她们选择学校。小姑喜欢讲鬼故事吓唬她们,在两个双胞胎侄女面前,小姑也是个大小孩。

看了天慈描述的小姑三毛跟父亲(三毛的大弟弟)的性格和各自的行为处世方式,我就开始按照荣格的人格类型的分类来判断他们姐弟俩分别属于哪一种类型。我判断三毛是内倾感觉型和内倾情感型,天慈的父亲很显然是外倾情感型。我还在我们的心理学习群里讨论三毛的人格类型,到底是直觉型、感觉型还是情感型。大家都读过三毛的书,多多少少了解她的故事,所以都把她划入内倾系列,可能也跟我们知道她最终选择自杀这种方式来结束生命有关。

等读完全书,我又觉得自己的判断可能是不完全正确的,三毛的人格类型里应该也有很多外倾的成分，她半生漂泊在外，作为一个年轻的女子，在那个年代一个人面对外部世界，需要极大的勇气。丈夫荷西意外去世，她独自回到台北后，忍着内心伤痛又做了大量的讲座和公益事业，她在频繁地与人交流，输出她的爱与想法。在她曾经和荷西生活过的西班牙大加那利岛和帕尔马岛，人们都记得这个年轻美丽可爱的华裔女作家，她跟岛上的邻居们都相处友好，两个小岛都有为她专门建造的纪念公园。

天慈小时候，以一个孩子的视角和心灵去感受这个名人姑姑的不一般：姑姑对读书的热爱，姑姑对孩子纯真天性的爱护，姑姑对读者的尊重，姑姑忍着肩背痛熬夜给读者们认真回信。虽然懵懂的孩童还不知道姑姑到底是什么样的人物，但是姑姑让她们崇拜、骄傲、喜爱。长大后，天慈沿着小姑当年的路线去流浪，去看小姑住过的房子、走过的街道、看过的风景、爱过的亲人朋友。在此期间，天慈一次次地热泪盈眶，那些可爱的人们告诉了她更多关于小姑的故事，那些可爱的地方以他们的方式纪念着小姑，让世界各地喜爱三毛的人们可以在此获得慰藉。

侄女的叙述，从另外的角度填充激活小姑三毛的生命，让无数喜爱三毛的人们有了更多的共鸣。

年轻丰沛的生命，躯体固然逝去，但精彩的灵魂恒久不灭，无关乎时间，无关于地域。至于她是什么心理类型，我已不想再去辨别。生命本身的丰富，已给予我莫大的精神力量。

2021 年 12 月

窗帘后的人

　　最初，让在书店工作的好友红给我推荐书籍，她给我传来照片，黑白色的封面，《阅读是一座随身携带的避难所》，远远看着像是国外的，我说好像不感兴趣，红又说，是毛姆写的，我秒回：买下。

　　喜欢毛姆，也是有些故事的，第一本看的是他的《面纱》，而读这本书，是源于我和朋友们一起观看了电影《面纱》，影片中有一部分描述的是主人公在我们中国的生活，摄影镜头下，中国南方的自然风光唯美又迷离，有着一种东方神秘感和说不出的韵味。先入为主，我对这个故事生出了好感，再找来小说一读，原来作者就是大名鼎鼎的毛姆。我喜欢上了他的讲故事方式、对人物的塑造、心理的描写。再后来便是读《月亮和六便士》，读这小说时已经生出八卦心，据说主人公原型是画家高更。印象中，高更与梵高好像也有些故事。看来，艺术和现实不可分割，艺术来源于现实，现实有时又远超人们的想象。

　　毛姆是个优秀的小说家，但是这本书却不是小说，是他的读书随笔集，也可以看成是一本八卦集。毛姆把那些传世名著的作家来了个身份大曝光，从出生、经历到性格、情感还有小说的创作过程等等，内容丰富、故事生动、文笔洗练，除了讲述这些名人的生平故事，还有他对小说作品的思考评论。有人说：一个好作家必须是对八卦有强烈好奇心的人。毛姆应该也是。

正如三毛写给贾平凹的信中所说，读者看小说时，作者是躲在幕后的，散文则是生活的部分，作者没有窗帘可挡。据说香港作家李碧华从不在任何社交场合披露她个人的照片和信息，在读者心中一直是个神秘的存在。那么，作为读者是否一定要掀开窗帘，把幕后人看个清清楚楚明明白白呢？

在读了毛姆的这本书后，我觉得还是保持神秘比较好。人说，在同一个屋檐下生活，是没有英雄和美人的。对作家，我们只需要欣赏他们优秀的作品便可。作家的生活情感因为其成长条件、社会环境、人生际遇等因素肯定会有各自的特点，个性、生活方式、情感处理等方面有时跟读者的价值观可能存在冲突，但这些都不影响其作品的艺术价值。

读了这本书，一方面对那些名著小说的创作背景有了更多了解，更重要的是深切地感受到了优秀作品的产生，与作家的写作天赋、丰富的想象力、勤奋努力分不开。比如，巴尔扎克每年创作数量惊人，出门随身携带笔记本，随时观察记录；福楼拜非常勤奋严谨，写小说前势必要先找到所有相关材料，阅读并记下大量札记，写长篇小说《布法与白居谢》前，事先翻阅了一千五百本书。

感谢毛姆，既提供了八卦故事，又熬了励志鸡汤，还分享了他的理性洞见和哲思，果然是有趣又深刻。

2021 年 11 月

她比烟花寂寞

——初识杰奎琳杜普雷

昨晚在表哥家里玩，孩子们在做作业，我在看书。表哥声带严重水肿，不能发音，在客厅的另一角看电视，他是搞音乐的，一直锁定央视的音乐频道。主持人低沉深情的倾诉无意间吸引了我，我也坐到电视机前。

这个专题片讲述的是大提琴天才杰奎琳·杜普雷的故事，杰奎琳杜普雷是个天资无比聪颖的女孩，从小受姐姐的影响热爱上了音乐，特别是对大提琴，她的启蒙老师这样描述，"初次接触，杜普雷就显示了她无与伦比的才华"。之后，年轻的杜普雷在音乐界星光四射，她的头上戴上了灿烂无比的光环。十六岁开始她的职业生涯，离开了家人，背着她的大提琴四处演出，博得无数鲜花和掌声。没有家人的呵护和包容，她人格上的缺陷也渐渐显露，在众人的注目中，在最精致的舞台上，在耀眼的聚光灯下，她用生命注入她的音乐，但同时她的灵魂始终孤独。

她演奏的大提琴曲《埃尔加协奏曲》倾倒众人，但是她说："其实我不是很喜欢这曲子，它过于悲伤沉重，在演奏这曲子时，我的心被撕成了碎片。"她是个用生命来演绎音乐的人，因此，在舞台上的她总是鲜活生动、光彩照人。

我不知道天才到底意味着什么，是上帝的恩赐，还是上帝的错误。早早地，上帝把最绚烂的礼物赠送与她，但是，一转眼，上帝又反悔了，要收取这一切，却以那样残酷的方式，在她28

岁的时候，她患上了多发性硬化症，四肢越来越僵硬，不能行走，只能坐在轮椅上。而她的双手，也再不能灵巧地拉动琴弦。这样的病症对于一个普通人来说就已经是莫大的痛苦，那么，对于这样一个嗜音乐如生命的人来说，这是怎样一种最深的绝望。病后的日子里，她试图与学生合作进行一些创作与教学，在人前展示的是与疾病做斗争的勇士形象，但人后她总是被无边的孤独和绝望所吞噬，心灵和肉体双重的折磨，常人难以想象。渐渐地，她不愿见任何的亲人和朋友，她把自己囚禁在小屋里，收藏起所有的悲伤和狼狈，也保持她最后的尊严，她想留给世人的还是她曾经光彩照人的花样年华，而这样的残缺与不堪只会让大家更痛苦与无措。因此，她孤独地走完她的人生，时年42岁。

有一部专门描述她的故事的电影，叫作《她比烟花寂寞》，她的亲朋好友都说电影的很多情节不属实。但是用烟花来比喻她的一生，贴切得很，绽放的一刻，绚烂无比，给人以美的震撼，却又太过短暂，留下的是无垠的黑色夜空，永远的遗憾。

主持人用浑厚低沉的声音这样讲述，她演奏的《埃尔加协奏曲》精妙绝伦，后人无法企及，与她合作演出的那个指挥，在她过世后的一次音乐会上，再次指挥这首曲子，但是三个章节过后，指挥停了下来，向在场所有人致歉打招呼，说他再也没办法指挥下去了，同事们问他："是不是想她了？"指挥潸然泪下："是的，想她了，没有了她，我知道，我从此再也指挥不了《埃尔加协奏曲》。"

主持人的声音开始哽咽，他的眼睛里湿湿亮亮，几次抬头，几欲停顿，我知道他在竭力控制着自己的感情。表哥在一旁哑着嗓子跟我说："他主持得太好了！"我居然也哽咽得说不出话来。

她比烟花寂寞，她带走了所有的痛苦离我们而去了，但是她的才华、她留给世人所有的美好的享受，在后人的眼里，在世世代代热爱音乐、热爱生命的人们的心中，永远灿烂、不朽……

在看过片子之后，我也和表哥讨论，那些文学艺术界的大师、天才，多半会伴有常人难以想象的躯体疾病和心理疾病的困扰，饱受折磨，在不平凡的作品背后是一些痛苦挣扎的灵魂。也许这就是上帝的公平，得到总伴随着失去。

我们平凡人就享受、珍惜这份幸福的平凡。

2016 年

第二辑　临江仙

几本旧书

恼人的黄梅雨季终于过去了，阳光灿烂，蝉鸣悠悠。前日有好友向我借书，我正好借着好天气重新整理一下书橱，把一些旧书拿出去翻晒。

我在书橱最上层的角落里找到两本薄薄的小册子，深蓝色的封面，装帧成线装书的版样，抽出来拿在手里简单轻巧，一本是《菜根谭》，一本是《蒙学经典》。它们被磨得陈旧的封面、发黄的书页、旧书特有的梅雨季的味道，还有随意翻到的书页上幼稚歪斜的读书笔记，一下子把我带回到了那些童真年月。

这两本书是我小时候外公送给我的生日礼物。我是外公唯一的外孙女，他对我是百般宠爱，每次来看我总给我带各种礼物，有吃的、玩的，还有文具书籍。在那个物资匮乏的年代，这些礼物总给我带来莫大的惊喜。但是，外公对我的读书写字要求很高很严，自从他送了我这两本书，每次来我家他都坐在我的书桌旁让我大声念给他听，还会不时抽背。当年年少不懂事，为了逃避背书，甚至希望外公不要来，觉得这些旧书实在是乏味无趣，每次都是囫囵吞枣，摇头闭眼地背，不求甚解，有时看到我实在不感兴趣的样子，外公会挑一段文字给我讲些故事。可是，我那时候仗着外公对我的宠爱，总会耍耍小聪明、使使鬼把戏糊弄过去，没有实实在在地去学，也没有认认真真地听外公讲。如今，外公已经走了二十余年了，我再次翻看这两本书，却忽然间泪眼朦胧。想起了亲爱的外公，想起了他对晚辈的殷殷期待。

我坐下来，捧起这两本书，慢慢翻看，《蒙学经典》的内容极为广泛，包括"三字经""千字文""朱子家训""幼学琼林"，诸多古今人物、天文地理、风俗礼仪、人情世故、衣食住行……包罗万象，句子成对偶，读起来朗朗上口，易于记忆，是为儿童编用的。我们一直说的用的一些话语这里都有，"老当益壮，宁移白首之心；穷且益坚，不坠青云之志。""临渊羡鱼，不如退而结网；扬汤止沸，不如去火抽薪。"……大多数是类似名词解释："裁诗曰推敲，旷学曰作辍""两争不放，谓之鹬蚌相持；无辜牵连，谓之池鱼受害""心惑似狐疑，人喜如雀跃""小过必察，谓之吹毛求疵；乘患相攻，谓之落井下石""大笑曰绝倒，众笑曰哄堂"没想到这薄薄的小书让我越翻越有劲儿，怎么小时候读的背的都没什么印象了呢？有了人生阅历后才能真正领会其中妙处。

再翻《菜根谭》，随手打开折着角的一页，恰好是这句："风来疏竹，风过而竹不留声；雁渡寒潭，雁去而潭不留影。故君子事来而心始现，事去而心随空。"感谢外公，在我幼年不懂事时就让我背下了这段话，这是《菜根谭》里我最喜欢的一段！不知道为什么，当时就情有独钟，很快背熟了，并且至今不忘。几年前，工作中发生了一些事情，那段时间心里一直有些复杂的不安情绪，后来我想起了这段话，在一个冬日的夜晚，橘色的床头灯下，拿出《菜根谭》再次翻阅，仔细地读这段话，感觉到自己的心越来越沉静，在这个有《菜根谭》相伴的夜晚，一切都释然了！

"此心常看得圆满，天下自无缺陷之世界；此心常放得宽平，天下自无险测之人情。"这也是外公的《菜根谭》对我的影响，我总是以单纯美好的眼光看待周遭的一切，感觉身边总是阳光灿烂、温暖和煦。时常会有人善意地提醒我社会是复杂的，人心是叵测险恶的。我谢过他人的友情提醒。但心里还是有着自己的坚持。别人对我的好我从不会忘掉，如此这般积累起来的感动历久铭心，让我也养成善待周围的一切的习惯。也曾怀疑这样的简单到底有没有问题。在《菜根谭》里我听到了先人的指点，境由心生，自己的世界自己创造！

　　静静地翻阅着这两本薄薄的小册子，不由得赞赏古人的智慧！虽然也有不足，有些离不开封建思想的影子，毕竟是旧社会的产物。但大多数还可谓字字珠玑，在凝练中把深意表达。庆幸我们可以享受如此博大、丰厚的中华传统文化的滋养！在这个紧张快捷、压力重重的现代社会仍可品尝一份先哲留给我们的"心灵鸡汤"。

　　继续整理书橱，又有两本书吸引了我的注意力。一本有着朦胧的嫩绿色的封面，上有隐约的嫩黄色青草的身影，右下角有一行竖着的草书"芊芊青草"，侧边一行细字"台湾罗兰"。书本的尺寸有别于其他所有的书，长度一样，但宽度是常规书本的四分之三，捧在手里纤瘦轻盈，感觉很舒适。如果把这本书比作温婉细腻的女子，那么另一本书就是个不修边幅，外表随和内心丰厚的男子，封面的颜色有点奇怪，一种蓝绿色，偏蓝一点，甚至让我感觉有点俗气土气，上面没有任何图案，就是方方正正的三行字"唐诗宋词元曲　各　三百首"，底下一行字"山西高校联合出版社"，里面编版亦是相当淳朴，没有任何花样，265页纸把诗词曲共900首满满当当归位，没有一处浪费。看看定价：6元8角。现在买不到这样简单又丰实的书了。这本书的珍贵之处是，他是我年过七旬的小舅爷送我的，我曾经写过一篇文章《我爱宋词》，小舅爷看到后知道我喜欢宋词就从自己的藏书中翻出这本亲自把它赠予我，鼓励我以后多看点书多写点文章。现在翻开这本略显陈旧的书本，一下子便爱不释手，虽然外表简单，却也是积聚了编辑老师的良苦用心，从那么多诗词曲中挑选出有代表性的300首也是经过细细推敲的吧。曾经在日志里写，不再那么喜欢宋词了，不喜欢悲悲切切的儿女情长，可能跟年龄有关，现在喜欢一些明朗的、宏大一些的事物，今日翻看宋词时，却还是被那些旖旎的词句及营造的氛围所陶醉，"碧云天，黄叶地。秋色连波，波上寒烟翠，山映斜阳天接水——""双蝶绣罗裙。东池宴，初相见，朱粉不深匀，闲花淡淡春。细看诸处好，人人道，柳腰身。昨日乱山昏，来时衣上云。""晚云收，淡天一片琉璃。"又把苏轼的词全部念一遍，实在是喜欢！《水调歌头》《念奴娇》《水龙吟》《洞仙歌》《定风波》《江城子》……有的整首能背诵，有的只熟稔其中几句，就这样翻着、读着，最后在《贺新郎》那篇里看到了我喜欢的三个字——"风敲竹"！

再说说那本罗兰的《芊芊青草》，可以说这本书对我影响非常大，她陪伴我度过了迷惘焦躁的青春期，也有段让我感怀的来历。那是我去外地上卫校的第一年，刚去的时候对环境不适应，恰逢秋天，常常因为思念亲人朋友而神伤悲切。就在这时，我收到了表哥从北京邮寄来的这本书，因为暑假里我曾和表哥谈起我喜欢看散文，表哥就记在了心里，那时候他在北京地质大学读研，还出去打工，学习、生活很辛苦，但他把我随口说的话记在了心里，精心挑选了这本书，给我寄了来，还夹了封信，满纸都是对我这个小妹的关爱和一些励志的话语。我读着信、翻着书，对亲人的强烈思念全部涌上心头，忍不住泪水纷飞。后来我把这本纤瘦的书读了N遍，对我的整个青春岁月产生了极大的影响力，"雨的乐章""人间漫步""生命之歌""灯的随想""诗思""淡烟疏雨"，六大篇章，全部细细读完，让我深切地感受到大自然的美妙和人间的美好情感，从此就走出了小我的悲切哀愁，对新生活、新事物满怀热爱。罗兰在最后一篇文章《这样一种爱》中写道：我常想，一个人想把爱给一个"人"，很难；想被一个人爱，更难。人是善变的，是难以捉摸，而且是不由自主的。因此，我时常情愿去爱一种生活情调，一种况味，一些景物，一片时辰。

此刻，我坐在我的小小书房，回味刚才与那几本旧书的再次亲密接触，那些年她们带给我的所有情感一起涌上心头，幻化成眼眶的潮湿和喉咙的凝涩，我想说：我也爱海天山水、爱花草树木、爱音乐书画、爱迷人的文字、爱这些所有的"情调、况味、景物、时辰"，但我更爱生命中那些给予我温暖和力量的亲人与朋友！

2015 年 6 月

浣溪沙

第三辑

在抬头仰望一片云、在俯身轻嗅一朵花时，便进入了一刻的静谧自由。穿梭在热闹的集市、奔波于未知的旅程，安宁自在亦可有另一种打开方式。

出门去访花

春光太勾人，出门去访花。来到河边的园子里，我骤然发现前日还满树繁花的樱花，此时花瓣已渐次零落，枝条上长满了油绿的新叶，整棵树宛若替换了新装，褪去了层层叠叠的粉白公主裙，穿上了清新利落的嫩绿运动装。

园中花树高低错落、疏密有间、姹紫嫣红。其中有两株花树亲密相倚，花枝交杂。一树雪白一树红粉，惹人注目。走过细看，白色的花瓣单薄轻盈、羞羞怯怯，朵朵花蕊皆俯身向下，我得蹲下身来仰面而视，才能看清她的模样。红粉花朵热烈大方，簇簇拥拥，花瓣繁复，姿态昂扬，笑颜展向四方，褐色的枝干被花朵占领，几乎见不到绿叶。不由想起那句诗："万树绿低迷，一庭红扑簌。"看着这两株花树的颜色和形态，我判断白色的是梨花，粉红的是海棠。

树上满是花，地上也是花。高低起伏的坡地上覆盖着绿毯子，上面点缀着各色野花。还有成片成片排队站立的万年青，有的万年青开出了蓝紫色的花朵，每一朵花有六个花瓣，三瓣单色，三瓣有深紫和嫩黄的花纹，不同的花瓣两两相隔，灵动轻盈，煞是好看，我忍不住蹲下身来，拿出我的手机，打开"形色"软件，了解一下她的身世。几秒钟后，跳出来的答案令我惊喜。"鸢尾"，原来她就是鸢尾，这个读来婉转的名字，我一直不知道到底是怎样的姿容。幸亏今天来访花，我一直以为她没开花的样子叫作万年青，原来她有这么美的花朵这么动人的名字。她还叫作蓝蝴蝶、紫蝴蝶，她的花朵香气淡雅，可以调制香水。本草纲目中记载，其根状茎可作中药，全年可采，具有消炎作用。

看来访花还需有神器啊，嘴上说着喜爱，却对她的姓名身世全然不知，这不是委屈了这些殷勤可爱的花花草草。于是，我俯下身子，找认着各色野花野草。认识了开粉紫色四瓣小花的"诸葛菜"，也叫"二月兰"；叶片多排对生，开细细长长小粉花的"野豌豆"；同样是多排对生叶片，但更厚实，开嫩黄色小花的叫作"蒺藜"；还有一种小时候农村常见的，整体绿色，既像花又似草的小植物，看上去像一个大盘子里再分装了五个小碟子，立体层叠，原来她叫作泽漆，又有别称"五朵云""猫儿眼草"，很是形象。《神农本草经》中记录，她有利尿消肿，化痰散结，杀虫止痒之功效。

认识了地上的小花草，站起身来，我想顺带再确认一下我刚才辨别的花树。手机一扫，大跌眼镜，原来我以为的白色的梨花、粉色的海棠却原来都是樱花。我之前的判断是源于前阵子已经有满树满树粉白的樱花开过了。但其实这个园子里栽着诸多不同品种、不同花期的樱花树。

继续认花，尴尬还在持续，我以为的细细碎碎的粉该是桃花了，却原来要么是海棠要么是紫叶李。唉，原来我对春天的认识，真正是孤陋寡闻。还好，我以为的茶花真的是茶花。总算在这张春天出的试卷上侥幸答对了一题，稍有些许安慰。

一阵风过，满树窸窣，细细小小粉粉的花瓣散作花雨，纷纷扬扬，洒落在我的发间、肩头和掌心，这是春天给我的批语吧。春光里、春树下、春花丛中，我，脸红了。

2019年4月

月圆了

　　在夏天里，受了个伤，关节肌肉受损导致行走不便，以往最热爱的夜晚散步只能忍痛搁浅。昨晚，坐先生的车出门办事，一出小区，抬头一看，右前方的天空挂着一轮圆月，它离得那么近，那么大，就在两幢住宅楼的中间，仿佛那楼上的人推窗即可触摸。颜色是一种略淡的橙黄色，跟诗歌里的银色月亮相比有些色差，兴许是这城里的灯光太亮堂，把原本清冷的月盘也染上了一层暖色调，多了些人间烟火气。

　　对月亮，我们的前辈在诗词歌赋和神话故事里用各种文字和情感给予描摹想象。她是浪漫的、清冷的、高洁的、雅致的、缥缈的、神秘的，又是亲近的、可爱的，善解人意的……

　　细细回忆起来，对月亮的喜爱似乎也不全是因为那些诗词歌赋。在很小的时候，还没有读书识字的时候，就喜欢上了看月亮。我们的童年，没有电视电脑霸占眼球，夜晚是属于大自然的，人们习惯仰望星空，夜空确实也足够精彩。外婆说月亮里面种着一棵月桂树，还用手指给我看，确实，大大的银盘上面是好像有着参差不齐的影子，但是这棵月桂树到底长什么样子呢？我一直看一直看，似乎总也看不仔细，表弟却胸有成竹地说，他不但看到了月桂树，还看到月桂的枝头挂着一个竹篮。瞬间，我对他有了崇拜之意，虽然我还是看不清楚这棵月桂树的具体长相，但我把这个秘密藏在了心里，嘴上说着我也能看到。

童年有个很清晰的记忆就是跟着长辈走夜路，我们家住在村子的最北端，晚饭后，奶奶经常会带着我去村南头的亲戚乡亲家里串门，出门时通常天还亮着，一通家常拉下来总是不早了。回家的路没有路灯也没有手电，全靠月亮来照引。于是，有个疑问让我想破脑袋，月亮怎么总是在我前面，无论我是正着走、倒着走，慢步走还是跳着跑，它一直都在我的前方。就这样，跟月亮较着劲地比赛，再长的路也感觉一会儿就到家了。

　　直到如今，我还是喜欢看月亮。有时候跟同事、亲友一起出行，无意间望见有些特别的月亮，便会不由自主地叫唤："看，月亮真的像金钩！""今晚的月亮好大好圆。"有时得到共鸣，有时有客气的敷衍，有时是淹没于谈兴正浓的热聊声里。所以，我喜欢一个人望月，怎么看都行，看多久都行。上弦月、下弦月、将满未满的月，众星捧月、孤星伴月、彩云追月……对着月亮，可以在心里吟诵些应景的诗词歌赋，可以追思故人想念亲友，可以想一些风马牛不相及的琐事碎片，也可以什么都不想，单单对着月亮发呆。

　　月亮是我们的精神图腾，月圆时我们总要庆祝或纪念，元宵节的灯会、中元节的祭祀、中秋夜的团圆。月缺时我们也学会了欣赏和期待，等着看吧，一天一天的，它总会圆回来。借由月亮，人们找到了最初的最朴素的生活哲思：月亮是在变化的，但也是有规律的，生活也是这样，有变化，也有规律。有变化，让我们充满期待又心怀敬畏；有规律，让我们少了恐惧，心生安宁。

　　月亮，就这样不离不弃，陪伴人类及自然万物繁衍生息，吸引潮汐来往、照映世事变幻、见证沧海桑田，它依然是不变的节奏，照亮黑夜、怀抱苍生。无论境遇如何，只要你愿意，抬头望月，总能找到慰藉。

2021 年 8 月

第一次坐火车

近来，时常在朋友圈看到建设中的海门火车站日新月异，"坐上火车去北京"，几代人的梦想即将实现。对火车站的首发通车，大家都在翘首企盼。我甚至开始计划，第一次从海门火车站出行我该选择哪条线路哪个班次。每每想到这儿，便会回忆起人生中第一次坐火车的难忘经历。

说来惭愧，我第一次坐火车时已是 30 多岁，当时和两个好朋友去省城参加一个考试，为了在路上还可以临时抱佛脚做最后的复习，我们决定坐火车去南京。从南通站出发，我们的座位都在 3 号车厢。首次坐火车，我只好跟着她们俩行事。按照我的性格，在位置上坐定后便安心了，拿出资料准备复习。她们俩都好动，一会儿这个出去转转，一会儿那个又去走走。半小时后，她们建议搬位置，说是后面的车厢里都没人，宽敞清净，可以躺着休息。我心里本是不愿动的，但她们说坐火车跟汽车相比的优势，就是能四处走动，一直坐那儿闷得慌。作为一个缺少见识、没有经验的菜鸟，我唯有乖乖跟着她们的号召行动。

于是，我们搬到了 8 号车厢，果然是清静很多，我们可以安静看书，而且每人一个座，斜倚着、平躺着都可以。她们很是得意，向我介绍坐火车的心得，要灵活，懂得随机应变、寻找机会。我表示很钦佩，庆幸第一次体验火车就遇到两位高人指点，也算是长见识、增经验了。

正兴奋着呢，又一站到了。车门一打开，一大群人蜂拥而进，宽敞舒适的8号车厢瞬间人声鼎沸，大家都在拿着车票对号入座。我们三人先后被赶出了位置。这个时候，对于搬迁路线，两位好友发生了分歧，一个说退回我们的3号车厢，另一个说继续前进，再去寻找空着的车厢。于是我们直接来到了12号车厢。此时，我已经根本定不下心神去看书复习，我明白原来从南通到南京，中间要停好几个站点，那些先前空着的车厢，其实座位票都已卖出，只等火车一到站，乘客便会填满相应的车厢。我看着手表，心中祈祷着快点到达南京站吧，中间不要再停站头了。

最担心的事情还是发生了，六合站到了，哗哗的人流把我们挤得无处可去。三个人沮丧地对了一下眼神，只有一个办法了，打道回府吧。于是把书本试卷匆匆塞包，左手拿拎包、右手持水杯、背上还扛着行李包，在拥挤不堪的车厢里艰难地往回走，一路上口中不停地左右打着招呼"不好意思、请让一让"。从12号车厢，整整穿过了8节拥挤狭窄的车厢走道，终于回到了3号车厢，却悲哀地发现，我们的座位上都已经坐满了人。于是哼哧哼哧从包里找出火车票，跟人家解释位置是我们的。此时，在我们座位上的乘客有的在睡觉，有的抱着小孩拿着大堆吃食玩具。对于我们的返回，他们给出了反感、厌恶的神情，不过总算配合，站了起来，于是，整节车厢里开始了一场各归各位的大挪移，其间夹杂着各种不满的牢骚。终于坐定下来了，我们深呼吸一口气后，看看对方，都是披头散发、衣衫凌乱的狼狈模样。我忍俊不禁，说好的淑女形象呢？此刻分明就是逃难的村姑。两位"高人"对我表示抱歉，她们本想给我演示一次舒适愉悦的火车之旅，但因不可控力而宣告失败。

刚把书本试卷收拾妥当，下车的时间也到了。坐火车的初衷是为了抢时间复习冲刺，结果一路上尽在这一列火车里来回穿梭

第三辑　浣溪沙

了，一个字儿都没进脑子。不过，我还是特别感谢这两个可爱的小伙伴，这一路上的兴奋、愉悦、忐忑、焦虑、尴尬、无奈、搞笑足以体现"第一次"的独特性和重要性，难忘指数直达十级。

这也就是火车旅行的魅力吧。一路同行，你永远不知道下一站会有哪一个上来、哪一个下去，看似单调的咔嚓咔嚓间，却每时每刻都有故事正在发生。那么，你准备好了吗？火车即将启程，故事正待上演。

2018 年 12 月

幸好是护士

小时候，总会被大人追问：你长大了想做什么？

作为一个农村孩子，在我井底之蛙般的见识里，我只能想到"老师"这个答案。我想象不出这个大千世界还有着纷繁的三百六十行。在我心里，老师有着无上崇高的地位。为了这个梦想，我开始了小老师的实践，我家有个高大的碗柜，除了上面的合扇开的大门，中间有一部分是仓柜，外立面就是一长块平整的木板，父亲给我准备了粉笔和板擦，这就是我的黑板我的讲堂，村里的小朋友都爱到我家来，一起玩"上课"游戏。

这份立志当老师的热情突然在初三时偃旗息鼓了。青春真是无法言说，明明还没有多少见识，却要标榜自己的独立意志和与众不同。我们前后座4个同学时常高谈阔论，渴望着中考让我们实现人生理想，说年轻人志在四方，上学要越远越好，颇有一股以梦为马、闯荡天涯的气势，而"当老师"这个志向在我们看来实在太过平淡。

人生的机遇就是这般奇妙，终究，少年意气、万千遐想敌不过现实选择，我最后被南通卫校护理专业录取了。南通，近在隔壁，坐上大巴车打个瞌睡还来不及做完一个梦就到站了，好不沮丧。护理，更是一个完全陌生的专业，听说是打针发药的，唤不起兴奋点。

当初的选择，被动又迷糊，如今，回望来路，我庆幸自己学了护理。这个专业除了扎实的理论功底，还需要一些必要的品质，善良、温和、乐于助人，这些我有，但是严谨和细致却是我的致命短板。粗心大意给我带来过大大小小各种麻烦，有两次的丢脸体验刻骨铭心。

小学四年级，学校新调来一位老师做我们的班主任，第一堂课就是摸底测试，4 道四则混合运算题。摸底结果是：我作为全班最差的 0 分学生被新老师叫到了办公室，要求我留级。"留级!"晴天霹雳，我惊恐哭泣。办公室其他老师都来为我说情，拍胸保证我确实是个从小到大的三好生，应给个机会留班察看。新老师给了面子，让我现场再做，满分成绩令他放心了，但一个好学生能得 0 分，真的是好学生吗？我知道这是我的老毛病粗心马虎又犯了，觉得题目简单就浮躁草率，匆匆完成，也不认真验算，导致 4 道题目答案全错。这算是一次深刻的教训。但是本性难改，到了初一，新学期第二次英语课，老师一上课就报出名字，让抄写不合格的同学站到黑板前面来，当我红着脸低着头走上讲台时，英语老师嘴里哼了一声："还是个女生! 抄写单词居然还能全部抄错!"听着教室里新同学的窃笑声，我如芒在背、羞愧难当。

这算是两次比较大的打击，但是好了伤疤忘了痛，积习难改，马虎大意始终如影随形，直至我学习了护理专业。要成为一个合格的护士，严谨、细致是必须具备的素质。人命关天，来不得半点马虎和懈怠。"三查七对"是所有操作的规范。实习的时候，下班路上我常常会一边走路，一边回忆我班上的操作到底有没有错误？如此强迫症似的穷思竭虑能把人逼疯，为了避免这种事后回忆带来的紧张焦虑，我训练自己把关卡前移，每时每刻都严谨细致地做好手头事。

经过多年的职业训练，严谨、细致、耐心终于也成了我的行为习惯。如若不是及时学了护理，这个粗心马虎的顽疾，在我的人生路上不知道要让我吃多少苦头、惹多少麻烦。所以，我感谢我的职业，她给予我的还有很多很多。这个冬春，这场疫情，又一次让我深深地感受到这个平凡职业的伟大，无数次热泪盈眶，因为感动、因为心疼、因为骄傲！

暖风如酒，百草滋荣，万物浩荡，在五月，在护士节到来之际，我忍不住想倾诉、想表白。

我庆幸，我是一名护士！

2020 年 5 月

第三辑 浣溪沙

说 蛇

朋友在一篇文章中描述她作为一个农村娃快乐无羁的童年生活，尤其是在田间逮蛇的场景，生猛利落，令人咋舌。人与动物之间的情缘可能也是天生的，大多数女孩害怕癞蛤蟆，我却一点都不怕，一抓一个，但是对于蛇，天生有种恐惧。而我们小时候的农村，草木蓊郁，庄稼地里、门前屋后，到处都可以看到蛇的身影，这给我幼年的心灵带来了莫大的阴影。

八九岁时，有次在河里的水桥上洗鸡蛋，突然从我手下方的石板底下游出一条弯弯曲曲的蛇，我下意识地把鸡蛋一扔拼命爬上岸扑到家里，失魂落魄地抽泣着向母亲描述方才的情形。之后去河边洗东西，总要把水桥板的前后左右全部查看一遍。小时候钓龙虾，找到一个好地方，正钓得欢，突然在河边的草丛里看到一条米黄色的长长的蛇蜕，顿时双腿无力，满身大汗瘫坐在那里，拼命喊同伴来救我。

钓龙虾要用一种盆抄，就是把一个尼龙网袋四圈套上铁丝，再绑在一根竹竿上。我有两个盆抄，都放在屋后靠墙处。有一天，我们打开后门，看到盆抄倒在地上，里面有花花绿绿的东西，上前一看，原来是两条花斑蛇钻进了网套，被小小的网眼卡住了出不来了，也不知道死了没有。我和母亲都怕蛇，两人看清楚了状况后忍不住都尖叫了起来。还是母亲胆大，她用一根长竹竿使劲地把这两个盆抄挑出去扔进了后面的宅沟里。后来我们再也不敢把盆抄放屋后了。

对于蛇的恐惧还来自那些道听途说。姑姑出嫁了，回来说她婆家的老宅真是太老了，她家灶房里有一口水井，她用吊桶打水，拎出来一桶水，桶上挂着两条蛇，被她扔了出去。我听得目瞪口呆，姑姑从小侠女性格，一点不怕蛇，换作是我，早晕了过去。从此不敢在姑姑家那井里打水。有一天我的小伙伴香香告诉我她家厕所的粪坑里有蛇，吓得我每次不管在谁家上厕所都要先伸头看看粪坑里有没有蛇。再有一次，一大早教室里乱哄哄，一个男生说他家昨晚上发生了件特恐怖的事，电灯会自发地一亮一灭。他和妈妈很紧张，等电灯亮了一看，是一条扁担粗的蛇爬在电灯到床头的开关拉绳上，它分量重，在上面一动一扭，就把电灯开关忽开忽关。他们母子吓死了，把两旁的邻居都喊来，后来大家看到那条蛇从屋顶上游走了。那时候的屋顶都是芦苇编的，有空隙，后来不知道钻到左右邻居哪家去了。大家听了都毛骨悚然，我更是惊恐万分，每天晚上睡觉前睁大恐惧的双眼把屋顶四面全部打量一遍，睡觉的时候把头蒙在被窝里，就担心蛇会从屋顶上掉到我脖子上。

童年，对蛇的恐惧一直伴随着我的成长，最大的心愿就是以后能生活在一个没有蛇的地方。怎样才能实现这个愿望呢？只有努力读书考上大学，才可以离开农村，生活在远离蛇的城市。

如今，我的愿望实现了，终于再不用担心见到蛇了。可是，我却对它很感兴趣，在电视里看到蛇，总是津津有味，最喜欢看《动物世界》中蛇的篇章，一边摸着鸡皮疙瘩一边啧啧称叹，又刺激又过瘾，这到底是什么心理啊。

听老家的亲戚说，现在老家农村，也是很少能看到蛇了。到处都是水泥地水泥路，蛇也离人远了，还有人专门抓蛇来卖给饭店。

童年的小路弯弯、河水清清、孩童们成群结队嬉戏玩耍的场景都已经不见了。如今的农村房子漂亮了，道路宽阔了，房前屋后干净了，但是也变寂寥了、冷清了。干净寂寥得连蛇也不常看到了。

2018 年 7 月

终于失眠

我一直不太理解的一件事儿，那就是"失眠"，常听周围的亲戚朋友谈论失眠，好像这是困扰他们生活的一件大事。虽然作为一个医务工作者，我知道失眠确实有其生物学机制，是一种常见的生理、病理现象。但是对于一个从小喜欢睡觉的人来说，我还是不能共情，内心总有个想法：能够有时间、有地方给你睡，为什么还睡不着呢？

之所以这样想，可能是因为我在最贪睡的年纪，未能舒舒坦坦地尽情享受睡眠，产生了一种缺失需求的缘故吧。作为一名护士，我十九岁就开始上夜班，小夜班是 12 点下班，大夜班是 12 点上班。我最怕上大夜班，闹钟在 11 点半准时响起，那正是睡得最沉最香的时候，闹铃仿佛响在灵魂深处，惊得我意识恍惚，不知身处何时何地，有时候眼睛一闭，就看到自己已经起床了、穿衣了、出发了，但再一个激灵，发现身体明明还在床上，一看闹钟，时间不对，便以迅雷不及掩耳之势翻身下床，飞奔出门。如此，每个星期都有一个小夜班、一个大夜班，在午夜铃声的刺激下，需要消耗多少意志，才能逼迫我这懒散贪睡的肉身从床上坐起来？自行车疾驶在午夜清冷的街道，仰望城市里无数黑着的窗户，我心中充斥委屈和郁闷："为什么这个时候别人都在舒服地睡觉，我却要起床上班？真是不公平。"这种想法也总是一闪而过，真的到了单位，换上一身白大褂，立马来了精神。

后半夜一两点钟的时候人是最清醒的，做事爽快利落，思维清晰活跃，但是到了凌晨四五点，我的精气神就撑不住了，有种无力感和心悸感（后来发觉我在凌晨时容易低血糖）。病房内有重病患的时候，我会一直处于警觉状态。否则，普通病患此时一般都处于睡眠状态，整个病区静悄悄，人就容易松懈下来。睡意便开始大肆袭击侵入我的意识，这个时候，我总是有个强烈的渴望："要是现在能给我一张床，哪怕很小很硬，只要能让我倒上去就睡，那就是世界上最幸福的事儿了。"

　　就是这么一个宣称睡觉是人生最大享受的人，昨晚居然失眠了！睡觉之前，我追了一部剧，又看了最近为之着迷的叶广芩的京味小说，临睡时，又想起中药还没吃，赶紧下床加热、喝药、刷牙，一通折腾下来，躺下时已过了 12 点。先是脑子里充斥着各种影像和人物，我一会儿想想偶像剧里男女主人公的虐恋，一会儿想想小说里北京城大宅门的故事，一会儿又想想我是不是也可以写写我的童年。开始是兴奋，后来居然觉得躺着怎么都不舒服了，左侧卧、右侧卧、仰卧位、俯卧位，折腾了半天，还是没有任何一点睡意，原来这就是"辗转反侧"。我一向喜欢赖在被窝里天马行空地想象，此时却是意兴阑珊，只觉得浑身不舒服，好像很热，于是把腿伸出被子，一会儿又觉得冷，再缩回来。怎么有点头晕，心跳也过快了，好像还有点恶心了，不行，我得坐起来。于是，我披上睡衣靠着垫子坐在了床头，觉得舒服多了，打开手机看微信读书。一看，两个小时过了，还没什么睡意，心想这可不行，明天还要去值班，昏头昏脑会误事儿，所以 3 点时强迫自己把手机一扔，继续躺下。

　　这会儿躺下，比原先舒服点了，自己还发觉一阵阵地有点意识模糊了，凭经验，这应该是马上入睡的征兆，心里便更踏实了。

　　模糊间感知家人起床的动静，闭着眼睛问他几点了，回答是7点了。啊，这么快就7点了，可是我一点都没睡够，被窝里暖和舒适，实在不想起床，我捶胸顿足地责怪昨晚的自己，白白浪费了3个多小时，知道这是多好的适合深度睡眠的时间吗？但当时，自己确实也想尽了各种办法，依然无能为力啊。我终于可以理解那些被失眠煎熬者的痛苦了。

　　不由想起那句话"饱汉不知饿汉饥"，所谓"感同身受"，没有"身受"，实难"感同"，不在相同的情境之中，没有亲身经历、亲自体验，其实很难真正去理解、共情，所以我们需要更多的包容。

2020 年 4 月

扬州小憩

　　这是我第三次来扬州，不同的季节、不同的行程，扬州便在我眼里展现不一样的风采。个园的竹林、冶春的早茶、东关街的古调、瘦西湖的桃红柳绿二十四桥，各有各的韵味。此番扬州行完全是计划外的，本是从南京坐火车回家，被扬州的梅同学知晓后，强烈要求途经扬州站必须停一下，于是就有了这说见就见的相聚。老友相聚，随性自由，次日早晨在趣园享受完早点，梅同学回家做午餐，我则一个人闲逛博物馆。

　　扬州是个满腹故事的城市，既经历了"歌吹沸天"的繁盛，也饱受过"废池乔木"的悲怆，徐行在博物馆，停停歇歇，全凭自己的喜好，可以听听一个实习导游的解说，也可以凑在其他游客堆里听他们的议论，还可回忆自己曾经读过的历史或文艺作品，自行在脑子里编故事。

　　驻足最多处当然要数欧阳修。因为喜欢苏东坡，也就对当年苏东坡的老师欧阳修多了好感。近来读《蒋勋说宋词》，对欧阳修有了更多了解，越来越觉得他有意思。上学时背过他的《醉翁亭记》，原来我看到的琼瑶小说的灵感也得自他的诗词："庭院深深深几许？杨柳堆烟，帘幕无重数。泪眼问花花不语，乱红飞过秋千去。"我很难想象，一个朝廷官员，一个政治家，会写出这样感性、婉约的词句。他任扬州太守，在春天泛舟瘦西湖，又写下："堤上游人逐画船，拍堤春水四垂天，绿杨楼外出秋千。白

第三辑　浣溪沙

发戴花君莫笑，六幺催拍盏频传。人生何处似尊前。"一个太守，百姓眼中威严的官员，居然头上插戴鲜花，与百姓同游赏春，还乐得自嘲。展框中这样描述他："为政宽简不扰民，公暇喜寄情山水，整修古迹，在大明寺建平山堂。"有这样的太守真是百姓之福。

要感谢遇见，欧阳修在他的生命里遇见了扬州城，他和这座城市的气质如此契合；扬州城遇见了这样一位太守，他为扬州的历史文化注入别样风采，文章太守，亦传为美谈。

踱步至"清朝"主题区域，气氛变得沉重。近日正在读小说，对清兵入关"扬州十日"仍心存悲怆。这里，守城名将史可法被铸成了铜像，扬州城应该铭记的英雄。历史硝烟弥漫，战争血腥残酷，肉体的生命无奈消逝，唯有文明的光亮照耀世代，让这个民族在苦难中坚强屹立、生生不息。

正感叹间，梅同学通知我，她已在门口等我。走出大门，阳光下北风依然凛冽，突然一个身背大包的小伙子拦下我，有些腼腆地询问我附近哪儿有吃饭的地方。我告诉他我也是外地人，不过可以帮他找我同学问。把他带到我同学的车旁，梅同学热情详细地告知他方向和路线。汽车启动，刚驶出，梅同学又把车倒回去，大声把小伙子喊住，说："我来捎你一段吧，这边偏远，天又冷，我们反正也顺路。"小伙子感激地上了车，告诉我们他是北方人，公司派来做工程的，第一次来扬州，周日休息便出来逛逛，梅同学向他推荐了几个有特色的好去处，在连声的感谢中小伙子下了车。我跟梅同学说，在这个小伙子的扬州印象里，应该又加了两个字——温暖。

2020 年 1 月

落红如剪

"春又晚，风劲落红如剪。"

暮春时节，天气乍暖还寒。昨日还是春阳暖照满目青翠似临初夏，大街上公园里处处可见着轻软春装的人们。今朝却又是阴雨绵绵、冷风嗖嗖，清晨的街道上，急赶着上班的人们纷纷竖起了衣领合起了衣襟。有风袭来，窸窸窣窣地从行道树树梢飘落下无数大大小小粉色的花瓣。有的落在车上，有的落在行人的衣间发梢，更多的是落在的湿漉漉的柏油马路上，不远处，一个环卫工人正在拿着簸箕扫帚扫地，于是，这些粉粉嫩嫩的花瓣便进了簸箕，和其他泥淖垃圾混在了一起。

刹那间，我想到，假如林黛玉看到了这番景象，是不是该掩面伤心了？"花谢花飞飞满天，红消香断有谁怜。手把花锄出绣窗，忍踏落花来复去。柳丝榆荚自芳菲，哪管桃飘与李飞。质本洁来还洁去，不教污淖陷渠沟。"

这条沿河小路是我每日上班的必经之道，路边三步一柳、五步一桃，还有紫叶李夹杂其间。关于春的消息我便是从此处探知的。柳眉初绽时，满眼是盈盈的嫩绿，紫叶李带着满树的粉嫩热情地在风中摇曳。李花飞尽桃花飘。现在又是桃之夭夭、灼灼其华的时节。整个春天我在繁花间穿梭着早出晚归，亲见着苏轼在《桃源忆故人》中所述之景：暖风不解留花住，片片著人无数。

可就是在这样一个早晨，环卫工人扫落花的景象让我心头有点说不出的异样，我忽然想知道每一片花瓣的下落。道路右侧的花瓣都进了簸箕，接下来将是混同于其他杂物进入垃圾站统一处理。他们首先要在封闭的箱体中忍受异味腐汁，接下来可能是挤压和噪声。而相隔不过五六米远，柏油路的另一侧，便是沿河的绿化带，于是，同一阵风吹落的花瓣便有了不一样的命运，河边的李树桃树上的飘落的花瓣掉在了树根边、绿草间、水面上，那星星点点的粉依然是一种明丽的春天的美。碧波荡漾，一片片粉叶便成群结队地去远方春游，在下一个站点，她们又会遇见隔壁树上的邻居，可以就此驻足，也可以继续漂流。而那树根旁、绿草间的粉叶，她们该是闻到了大地母亲的气息，温暖又安宁，可以香香甜甜地睡一觉了。

绿荫满野芳菲歇。是啊，每一片花瓣无论曾怎样明艳过春天，终究要离开曾经欢闹的枝头，那么，但愿她们都能有一个美丽的下落，质本洁来还洁去，或者付予一湾清水，或者投入大地的怀抱。"落红不是无情物，化作春泥更护花。"

待来年，依然是繁花满枝报春来。

2018 年 4 月

她的名字

生性爱竹，又爱屋及乌，对有关"竹"的事物总是多一份关注。

夹竹桃，第一次听说这个名字就心生好奇，谁给取的名？她的长相不像桃、更不似竹。不过她蓬勃恣意的生长姿态我挺喜欢。见到她，基本都是在高速公路两旁，即便每天面对着劈头盖脸的尘土和无休无止的噪声，她们还是不管不顾、没心没肺地开着花，一簇簇、一团团，热闹绚烂，从春到夏，由夏至秋。看着她们，我总是生出同情，别的花或长在游人如织的公园里，或开在主人精心打造的院子里，有人观赏、有人呵护，即便在清幽的山林里寂寞绽放，亦有清风明月甘露相伴。不似这夹竹桃，日日蓬头垢面伫立路边，少有人驻足观赏怜惜。

后来在电视剧《甄嬛传》中，看到夹竹桃居然还成了宫斗的工具，有可爱的名字，美丽的形象，身上却夹着毒，于是开始对她有了偏见。

初夏的夜晚，我和先生在家门口的河边散步。月色如银，晚风习习，忽然袭来阵阵暗香。往清香的深处走去，远远望见地面上铺有一大片银白色的细碎之物，走过细看，原来是一层层白色小花瓣，一阵风过，窸窸窣窣地又下起花瓣雨，抬头看，一棵枝叶蓊郁的绿树，树冠上开满了团团簇簇的白色小花，先生说这是夹竹桃。

　　夹竹桃，我第一次离她这么近，我想伸手抚触这些可爱的粉白，但先生提醒我夹竹桃有毒，我即刻想起了甄嬛传的剧情，收回了已伸出的手臂。面前的枝叶和花瓣无疑是感受到了我的心意，她们在风里轻颤着、摇曳着，似在点头致意。有风来，白色的小花瓣似精灵飞离枝头。此情此景恰似席慕蓉的小诗《一棵开花的树》。

　　这么可爱的植物真的有毒吗？百度一番，果然，"叶、树皮、根、花、种子均含有多种配醣体，毒性极强，人、畜误食能致死。叶、茎皮可提制强心剂，但有毒，用时需慎重。"

　　我想夹竹桃可以是金庸武侠小说的女主人公，长得明媚艳丽，性子热烈坚韧，本是招人喜爱引人亲近的，却又天赋异禀浑身是毒，让人既爱又惧，可远观而不可亵玩焉。

　　再看传说，有个美丽的女孩桃，爱上了一个倔强的男孩竹，但是受到了桃家人的反对，将竹活活打死，桃伤心欲绝随着爱人一起殉情自杀了。两人来到天堂后，上帝为之感动，说能够满足他们一个要求，桃说她一生最爱的就是美丽的桃花，而竹却倔强地想要保留竹一样的坚韧，从此，世上就多了一种——夹竹桃，开着桃花一样的花有着竹一样的叶子。

　　一棵开花的树，开着桃一样的花，有着竹一样的叶，美丽而又坚韧，夹竹桃，好名字！

2021 年 8 月

出丑的勇气

朋友给我发来一幅图片，打开一看，是海门日报副刊"春江水"，在版面的右下方看到了我的名字，还有那篇《枝头的口罩》。朋友随即发来一句话："没想到你还会写诗！"先前的惊喜还没过呢，立时又觉得惭愧和尴尬，我这个，能算"诗"吗？

"枝头的口罩"是一个清晨的即兴唠叨。因为无意间的一瞥，看到窗外有只口罩挂在枝头摇曳，立即拿起手机拍下，原本是预备发个朋友圈分享一下这份意外发现。谁料吃饭的时候，就着这只口罩，脑子里思绪纷飞，词句泉涌，索性放下碗筷，不分顺序地把它们记录下来。也许这就是所谓的灵感和激情吧，似乎有股热血在奔流。写完之后我立即兴匆匆地发给"春江水"副刊编辑王老师，想听听他的指导意见。没想到老师直接帮我刊发了。自己现在再仔细复看这首诗时，觉得甚是惭愧，无知者无畏，从来不会写诗的我，纯属是把一段文字随心所欲地切成一条一条，长长短短，排列成诗的模样，词语粗糙又庸常。

不过我也不后悔当初的热情和冲动。作为我写下的第一首诗，它虽有诸多瑕疵，但是最起码这"枝头的口罩"让我看到了自己的勇气。挚友春芳的一句话一直被我奉为名言，曾经有个讲座的任务，我有点不敢接，便以忙碌为由来推脱，春芳告诉我"要珍惜每一次出丑的机会。不要怕失败就不去做，不要怕批评就不上前试试。"是啊，只要我们真正地努力过，勇敢地跨出脚步去尝试、去挑战，那么无论是失败、出丑和难堪，经历本身就是一种成长和收获。

最初，我没有真正理解"出丑的机会"，只是简单地认为敢于去做就行。直到有一次，真的出了大丑，那是一次上台演讲，我认为这是自己准备的课件，应该不会有问题，但是在演讲的中间，突然有那么几秒钟，思路卡壳了，紧张情绪下继而脑子开始空白，便在演讲中出现了尴尬的几十秒停顿。虽然台下的听众很宽容，没有嘲讽，但是这次"出丑"深深刻印在了我心头。在羞愧和懊恼之余，我再次品味这句话"珍惜每一次出丑的机会"，这些机会是伴随着出丑的风险而来的，不怕出丑，但也尽量不要出丑。所以当你去主动迎接机会时，除了勇气，更需要为此做好踏实认真的准备，尽量避免由于自己的主观疏忽而造成的出丑，这才是这句话的意义所在。

今日翻书，读到一句话，"你终其一生，不是因为完美被爱，而是因为你充满勇气。"正合我意，我将继续珍惜每一次出丑的机会。

2020 年 9 月

那些误解

"朝辞白帝彩云间",每一个读书的孩子都熟悉这句诗,甚至咿呀学语的幼童都能摇头晃脑地背诵。著名学者余秋雨说初次读此诗时不到十岁,上来第一句就有误解。他的脑海中出现这样的画面:"白帝"当然是一个人,李白一大清早与他告别,这位帝王穿着一身缟白的银袍,高高地站立在山石之上,绚丽的朝霞烧红了天际,与他的银袍相互辉映。读到这里我哑然失笑,多么可爱的误解!

作家苏童也讲过童年的趣事,小时候,他一直以为当年革命军队的"小米加步枪"一说,是指那种步枪的名字叫作"小米加"。大概每一个孩子单纯的脑袋里都曾有过各种稀奇古怪的想法。不禁想起自己当年那些天马行空的名词歪解。

小时候,村子里有很多年轻的叔叔在外面打工,他们回家后都喜欢聚到我们家里聊天,年幼的我虽然不参与聊天,自顾自在旁边玩耍,但小耳朵却收罗了很多信息。我一直听到一个叔叔说他在上海的厂子里工作,晚上就住在"宿舍"里,当时听到这两个字,我心中起惊雷。在我们海门话中,把闪电称为"忽闪",而我恰恰把这海门话"宿舍"听成了"忽闪",脑子里想象着这个叔叔晚上就住在天空中的"闪电"里,惊为天人,若干年后,终于搞清了"宿舍"为何物,讲给那个叔叔听,正在吃饭的叔叔忍俊不禁,被一口汤呛得眼泪直流。

作为独生子女，我喜欢天马行空地胡思乱想又不太爱说话，注定就会有很多怪想和糗事。夏天的时候，妈妈用棉布给我做了一件圆领衫，心灵手巧的妈妈还在圆领衫的前襟上缝了一个漂亮的仙桃形状的口袋。对这件独一无二的圆领衫我非常喜欢，恨不得每天穿着它。有一天我跟着一群大孩子在村里游玩，大家找到了一棵桃树，上面结着很多毛桃，他们就爬上树摘桃子，边摘边吃，当然也不忘送几个给守在树底下一副馋相的我，我当时就有一个坚定的想法，妈妈帮我缝这个仙桃口袋，就是用来装桃子的。于是我吃了一个解解馋，把剩下几个小毛桃硬是全部塞进了肚子前面的仙桃口袋。继续玩耍的过程中却觉得肚子上刺刺痒痒的越来越难受，天黑的时候回到家，跟妈妈说了这事儿，妈妈赶紧帮我掏出毛桃，掀开衣服一看，毛桃上的绒毛都穿过棉布的布眼全部扎在小肚皮的皮肤上了，后来妈妈想了各种办法帮我解决这个问题。

童年总是让我们津津乐道，澄澈又好奇的眼睛、单纯又酷爱想象的头脑，于是，便有了各种各样的痴和傻，这些痴、这些傻令人一想起便会眉头舒展、嘴角弯弯。

2016 年 11 月

说说体验

曾经看到一段话说："每个人来这世上都有不同的功课（使命）：有的为体验；有的为完成某件事；有的是还债；有的是累世的修行人，此生带着任务来。"不去判断这说法恰当与否，首先我认可人生是一个体验的过程。

7 月初的一天下午，我遭遇了一个小车祸，撞击过后，坐在车里的我开始大把大把流鼻血，我看了下车子上的镜子，鼻梁部位肿了，当时判断自己鼻子骨折了。坐救护车到了医院，检查下来确实是鼻中隔骨折了，还有一些头面部和四肢的皮外伤处理了下，同事们都围上来关切地问候我，我在擦鼻血的时候，也一直在偷偷擦眼泪，医生以为我是疼得流泪，我说不是的，是感动，为这些关心和问候而感动。从车祸发生现场到医院诊治过程，我没有大家想象中的紧张、惊恐，对于受伤，我很镇静，我知道自己应该没有什么大问题。也许是因为护士的职业本能，也许是因为多年心理学的专业训练，我像是在执行一个角色扮演任务，换位成病人仔细体验这个过程。

因为头晕，去做核磁共振，医生要求平躺着头部不能动。我从小养成的习惯是平躺着必须用枕头垫高头部，否则会头晕难受。在核磁检查室内，头部平放，耳畔不断传来各种噪声，我知道这是核磁检查不可避免的，但此刻感觉更是头晕、恶心、心悸、出汗，心中暗想如果任由自己沉浸于这种情绪里我会愈加烦躁、崩溃、虚脱，检查就无法进行下去了。我是一名医护人员、一位心理咨询师，往日我们在教导病人、安慰来访者时是怎么说的？要放松、做深呼吸、平静……境由心生，环境无法改变时，我们就调节自己的认知。我一遍遍地安慰自己，去以一个观察者的身份带着好奇心辨认这些声音的音调、频率、长短以及出现的规律；不断地做深呼吸，以双手来感觉自己腹部的起伏，通过呼吸的次数来判断时间的长短；还有自我催眠、冥想等等。我甚至暗笑，作为一个心理咨询师，已经把调节情绪的十八般武艺都拿出来，如果自己都做不到，岂不是笑话？这是一次实战考验。终于，我听到了医生来开门的声音，那一刻在心里长吁一口气，我得救了！下了检查台，我赶紧抓住先生的胳膊，感觉整个身体就要虚脱，头是晕的、手是抖的、腿是无力的。在先生的扶持下，我坐下来，休息数分钟后，觉得慢慢恢复正常了。

在此期间，我想了很多，作为一个病人是多么不容易，被动做一个又一个检查，要经历各处焦躁的排队等待，面对一个又一个陌生的环境，要独自忍受身体上的不适和心理上的紧张、恐惧、忧虑。正如人生的这些关卡是必须一个人去冲锋陷阵的，即便身边有再多关爱你的亲友也无法做替身来帮忙。因此，与病魔做抗争，需要足够的勇气。

说到勇气，在伤后休养的时间，我读完了肯·威尔伯所著的《恩宠与勇气》。作者肯是美国后人本心理学家、哲学家，本书是他跟罹患乳腺癌的妻子崔雅共同书写的关于与疾病抗争最后如何面对死亡的整个过程，他们如此美好，充满智慧，又如此真诚，坦率地展露所有的心路历程，读来令人动容，关于真爱、接纳、成长、慈悲，让我有了更多的领悟。

经历病魔的万千虐击，崔雅愈加坚强、勇敢、仁爱，散发她的能量和魅力尽力帮助他人，她说，相比其他的行为，人与人的关系，人与人的联结、生命与生命之间温柔的爱才是最重要的。她以她的勇敢、热情、真诚、无私获得了无数人的爱和赞叹，因此书名为《恩宠与勇气》，逝去的是肉体的生命，精神和爱将绵绵不绝。整部书中，妻子崔雅的日记叙述与丈夫肯的文字解说交织为一体，宛如对话、交流，真实、坦率，毫无保留地表述内心体验，成为真实的生命经验，滋养更多的人。

在这次受伤的整个过程中，我就一直记着这句话"生命就是一场体验"，时时刻刻在关注自己的体验，疼痛、不适似乎也没那么可恶，他们也是自有使命，无非是为了保护我、警醒我。任何一种遭遇都是为了丰富我们的人生体验而来，那么遇见任何问题都不必担心，去坦然面对，去认真体验，相信生命的恩宠与勇气同在。

2021 年 10 月

第三辑　浣溪沙

院子里种棵什么树

　　和女儿逛河边的花园，看坡上坡下的树木都是一派光秃秃的样子。也有绿叶树，那是香樟和松树。

　　我和女儿说，你看这个松树，长得很高大，针叶稀稀落落的，我没觉得有什么好看，但是雪小禅在她的书里反复说到要在房前种一棵松，一棵老迎客松，松下种牡丹、菖蒲、无尽夏。我们俩开始讨论如果我们有个院子，该在房前栽什么树呢？女儿说种水杉树，笔直挺拔。我说水杉树太掉叶，而且没见人种在房前。说话时没在意，现在写下这段话时突然就想起来，我外婆家的门前好像种的就是水杉树，难道这还有冥冥之中的轮回？

　　我开始想我要在自己的院子里种棵什么树呢？首先想到是蜡梅，花瓣清雅，暗香袭人，但要等到冬季才见她花开香满园，平时的春夏秋三季也太清冷了些。合欢？好像适合种在房后。童年时代老家就是屋后的小河边长着两棵合欢树，那时候我总是惊讶于合欢花的梦幻轻盈。桃树怎么样？三月里来满树的桃花灼灼，蜂飞蝶舞，还有汁水饱满的桃子可以吃，想想都要流口水，只是听说桃树很容易长蚜虫。

　　女儿说她想种那种鸡爪槭，个子不高，四季不掉叶，但会变颜色。春夏油绿，秋天开始变红，深深浅浅的绿黄红，色彩层次丰富。或者樱花吧，樱花是烂漫迷人，一树一树的开得奋不顾身、令人感叹，可惜短暂的绚烂繁花过后就是芬芳逝去，让人来不及追思。女儿又推荐海棠。对海棠，有着不一般的感情，西花厅的海棠花，念起这几个字，似乎总要喉头哽咽，那是对周总理永远的怀念。后来又听张爱玲说人生有三大遗憾：鲥鱼多刺、海棠无香、《红楼》未完。虽然在我三十岁前还从未见过真正的海棠花，但海棠在我心中是不一样的存在。如今，我已经会分辨"垂丝海棠""西府海棠""梨花海棠"。好吧，海棠花就入选种子队伍。

我想起很多年前的文学网站"榕树下"，跟女儿说，要么种棵榕树，气根繁复，雍容大气，女儿马上说，不合适，榕树太大了，适合种在公园里，也不适合这里的气候。说起气候，一方水土养一方生灵，想起鲁迅先生的文章，他的院子有两株树，一株是枣树，还有一株也是枣树。北方的四合院里多种枣树。在我们的江海平原上似乎不常见枣树。房前屋后栽的最多的应该是桑树、桂花树、橘子树、枇杷树、柿子树。银杏太高，适合种在屋后。我很想知道槐树和榆树是什么样的，一直只在书里看到吃槐花、吃榆钱，种上这么可爱有趣的树，定会有很多故事发生吧。

院子里到底种什么树呢，还真是难选择，两人讨论热烈，简直就是一场头脑风暴。最后突然想起来，我们的院子呢？这院子本身就是我们臆想而出的空中楼阁。院子本不存在，我们耗尽脑汁选好的树该种在哪儿呢？两人开怀大笑。朋友小玉说：万物之中，希望最美。所谓想得美，生活就是需要一些想象的，先把希望之树栽在心中吧。

2021 年 6 月

过一点象征生活

　　今年的冬日足够寒冷，好不容易等到一个周日，那必定是要睡个懒觉的。心满意足地自然醒后，还是舍不得离开被窝，坐起身披衣靠在床头读书，这也是我的心头好，暖和又舒适。最近的枕边书是雪小禅的《风物人间》，她在自序里称自己为"陆地仙人"，用一生慢煮生活。她的生活方式我很是喜欢，放松随性，做很多看似无用但有趣味的事情。她在"闲散帖"中这样描述她的夏日生活："每日临帖、赏荷、焚香、煎茶、听戏。一个人既忙且闲，不亦乐乎。"这句"既忙且闲"一下子打动我，床上坐不住了。看看窗外明媚的阳光，心里痒着就想出去走走。

　　于是以军事化的速度洗漱吃饭、晾晒被服。完成一切，带上装备出门去散步。小区的外面就是海门河岸景观带，最喜欢这一片区域了。一侧是错落有致的树木花草河水小径构成的自然景观，另一侧是别墅院落人物组成的烟火生活图像。春夏秋冬，大自然的树木花草鸟虫都在变幻形态色彩声调，院子里的生活图景也在变幻形式内容。所以我极喜爱在这里散步，眼睛是不够用的，上看下看左看右看，各处风味皆不同。

　　冬天里晒着太阳散步是极好的，与其他时节的不同之处是特别安静，往来的人少。因为有阳光的陪伴，所以即便静谧也不寂寥。院子里有已经晾晒好的被服，色彩斑斓。还有一些奇怪的静物造型，仔细一瞧，原来是被罩上冬装的树木盆景。有些院墙外的花坛里种着各式蔬菜，如今都被冻得蔫头耷脑的，甚至可以看到白色的霜还储存在青菜芯里。人们都说，冻过的青菜更好吃。我想，作为青菜，在北风凛冽的严冬里，该怎样熬过那一个个霜煎刺骨的寒夜，是不是筋络百脉都已冻得断裂崩析？有些院墙外还长着一种酷似冬青的矮树，但上面结着一串串佛珠样的红果子，不畏严寒，就这么饱满而热烈地挂满一树，我打开手机上的"形色"软件一查，原来它叫"火棘"。这名字很配冬日，热气腾腾地带来暖意。相比这火棘的鲜亮，一旁的山茶花，看上去有些狼藉，花瓣都给冻成了紫红，紫得发黑，涩缩僵硬的样子，哪是一朵花该有的风姿。近旁一株山茶树上全是含苞的花骨朵，没有一朵绽放，我想她们应该是得到了信息，决定推迟绽放，抱着团好取暖。这样也好，始终给人留存希望，未来总有花开之日。

　　散着步，看花看菜，看冰冻的河面在阳光下反射出耀眼的光，一艘货船从远处驶来，划开冰面，引来水波浩荡。看树林间上下翻飞的小鸟，那小鸟通身黑色，有着胖胖的腰腹，小小的尾巴，尖尖的椽。朋友曾说过在乡村的河畔散步，遇见了戴胜鸟，戴胜鸟有着威武的皇冠。显然，我眼前的这几只不是戴胜，我想帮它们取名叫冬枣，它们应该从来不晓得自己的名字。那么它们相互之间是怎么打招呼称呼的呢。想到这儿，我一个人傻笑起来。

　　昨晚，和朋友聊天，说起荣格学派的心理分析师皆看起来既好看又健康长寿。为什么呢？因为精神分析让我们更清晰地看见自己。老师说的：走上自然之路，生命可以欣欣向荣。过有创造性的"象征生活"，让生命更有活力。

　　象征生活，我记下了这个词，当我在阳光下怡然自得地悠闲散步时，联想到早上读的雪小禅"陆地仙人"的生活日常，我有了对"象征生活"的理解：人生难得，弥足珍贵，我们的生活不应只是为了生计而奔波、为了功利而忙碌，不妨再抽出点时间，做些看似无用但有趣的事情，它因人而异，形式各样，只要跟着心走就行。过一点象征生活，能让我们美丽、健康、长寿，光这样想想，我已经心生欢喜。

2021 年 1 月

在擂鼓般的心跳里

听说，今日小雪，"小雪气寒而将雪矣，地寒未甚而雪未大也。"我记起贾平凹曾在小雪日写下："雪落得很轻，很匀，很自由"。这个午夜，万籁俱寂，我被自己的咚咚心跳惊醒，了无睡意。时钟已定格在一点。我在黑夜里睁着双眼，屏住呼吸，侧耳倾听，想去采撷一点点关于小雪的消息。可惜我听到的全是来自我胸腔里的，轰轰作响的心跳声。她咚咚咚咚，一刻不停，在向我表白着她的辛劳，在向我暗示着我必须去关注她。

近日，身体有些小恙，出现了之前从未有过的不适感觉。高代谢状态让心脏似加足了马力的柴油机，使着浑身的劲头在运作。于是，我每时每刻能听到自己的胸腔里在擂鼓，敲得胸膛振动，平躺着居然有种我的心跳能把床摇动的感觉。于是，索性坐起身来，静静感受这个小雪之夜。

掀开窗帘一角，昏黄的路灯光影里未见飘袅而下的雪精灵，只有几片落叶在寒风的枝头上寨窣挣扎，低处的矮树和草尖上兴许还有明明灭灭的冷霜在暗暗凝结。夜，是宁静的，但又暗藏各种生机，在看见看不见的地方，万物均在忙碌。我开始细心地聆听自己的心跳。她呼咚呼咚，气力十足，像头莽撞的小牛，甚至还自以为是地频繁加点小动作，也就是被称为早搏的症状，我的心里便有一次次的落空之感。我开始对她有了愧疚，为什么我之前从来没有明晰地去感受她。甚至在搭脉搏时还嫌我的脉息太细

第三辑　浣溪沙

弱，生命的力量感不强，属于中医的气虚阳虚型。如今，心脏加足了马力在轰隆运作，我开始怀念曾经的温和、谦顺、柔静。在那轻缓细弱的脉息里有我固有的生命节奏。可惜那些习以为常的拥有总是被我们忽视，从来没想过拥有正常的心跳呼吸是多么幸福的一件事。

斜倚床头，翻开枕边的《蒋勋说宋词》，正好看到这段：如果你一直在春天和夏天的话，你就没有机会去留恋春天和夏天，你留恋春天和夏天是因为春天和夏天要过去了。"昨夜西风凋碧树"，叶子落了你才开始有感悟，才对生命有眷恋和珍惜。

其实，我们拥有的有很多，除了这无时无刻不在陪伴着你的呼吸、心跳，还有清风明月阳光雨露，还有长辈的唠叨亲友的牵挂……这些足可以抵御和清滤尘世生活里的繁杂恼念。如苏轼所言："江山风月本无常主，闲者便是主人。"只要有心，我们可以拥有很多很多。我也感谢这午夜里的擂鼓心跳，她让我有时间回望内心，珍惜拥有。

2019 年 12 月

清平乐

第四辑

浩瀚宇宙，万千星辰，不早不晚，彼此遇见，无论是擦肩而过、短暂同行，还是长久相伴，你的光都曾点亮我的生命，感谢有你……

七夕的仙女

有朋友在微信里转发段子："你的童年还有多少这样的记忆?"吃桑葚、买棒冰、造房子、扣知了、钓龙虾、拍香烟壳子、看露天电影……一下子激起了很多人的共鸣,童年那些趣味盎然的日子! 正巧七夕又至,在这种怀旧的气氛中,我突然间格外想念童年的七夕,那些属于外婆的七夕!

小时候的夏天大多是在外婆家度过的。外婆的慈爱、宽容、能干、灵巧,让我的孩提生活无忧无虑又多姿多彩。

夏天的夜晚总是最开心的,外婆在院子里修了一大块方方整整的花圃,里面种上各式花草,有美人蕉、一串红、夜来香、蝴蝶花、青球、茑萝等等,一到晚上,我们就把桌子搬到院子里,在桌旁放两张长凳,在长凳上面搁上两块长长宽宽的"搁床板",变成了一张光溜舒适的小床,我和表弟在上面坐、躺、跳,村里的小伙伴也总爱到我们家来玩。晚饭后,我们就一溜挤在这小床上,听外婆给我们讲神话故事,教我们认天上的星星。孩子们听故事的时候是安静的,认星星的时候就变成叽叽喳喳叫嚷成一片。

而外婆的七夕是庄重和神秘的。七月初七一大早,外婆就开始忙上了,和面、揉面、切片、生火、热油……这是外婆在忙着"煎烤","烤"是本地话的谐音,指把经过揉搓后的面团切成薄薄的菱形小面片放在油锅里煎炸,变成金黄油亮的有点鼓起来的小薄饼，喷香松脆，口味极佳。外婆总要做上两大面盆，孩子们可以尽着肚子吃，等稍稍冷却后，外婆会把它灌在一个个袋子里，扎紧口子，漏了气就不松脆了。然后一袋袋地送给乡邻、亲戚。外婆说"七月七、煎烤吃"（用家乡话，这两句话是押韵的，"烤"与"巧"也同韵），吃了会有好运的。

忙完这些活计，傍晚的时候，外婆会拉上我们到院子里，坐在花圃前，抬头看天上的云彩，外婆说："七月七，看巧云。"天上的云彩会有各种奇妙的造型，于是孩子们争先恐后地叫喊"我看到马了。""这是龙。""这像兔子。"孩子们漫无边际地想象，而这时候，外婆安静地眯着眼睛仰望蓝天，神情喜悦悠然。若干年后，我读到《菜根谭》里那句"宠辱不惊，闲看庭前花开花落；去留无意，漫随天外云卷云舒。"总会想起外婆在花圃前看云的景象。而外婆一生的境遇和心态，也和这两句话非常相符。

七夕的夜晚是最神秘的，外婆会指着天空教我认牛郎星和织女星，给我讲他们缠绵又凄惨的爱情故事。繁星点缀下的夜空中时常会有那种若隐若现的白白长长的线条状云带，外婆说那就是鹊桥，牛郎织女一年只能在这鹊桥上相会一次。七夕我们总是要躺在外面看很久很久的夜空，夜深了，我们都进屋后，外婆便要做一桩神秘的事儿，她会把细白的面粉在屋子的廊下沿着墙角均匀地洒上一圈。回屋关上门后，外婆就让我们赶快睡觉，说明天大清早起来看屋外，如果廊下的那层白面粉上有痕迹，那就说明夜里有仙女来过，会给我们带来好运的。外婆的这种说法总是让我们激动兴奋，不能入眠，竖着耳朵听窗外的声响，但最终敌不过睡意侵袭而沉沉入梦。次日一大早醒来兴奋地跑出去看时总会发现廊下的面粉上面有了很多残缺，外婆说仙女晚上来过了，所以我们都会有好福气。我可爱的外婆，给我们编织了一个美丽的梦陪伴着我们快乐成长。

眼下，七夕又至，可是外婆离开我们已经有十多个年头了。她的聪慧灵巧、勤劳质朴、面对生活的乐观、面对苦难的坚韧、待人的热情坦诚慷慨无私让后辈永远敬仰和怀念，是我们宝贵的精神财富。其实外婆就是仙女，给我们带来福气好运、教会我们享受生活的美好！仙女一直在我们心中，从未离去！

2013 年 9 月

第一个贵人

我没有想到，在这个烈日炙烤、酷暑难耐的夏日午后，在医院的病房，意外见到了阔别 30 余年的小学语文老师。和倪老师双手紧握的那一刻，我喉间哽咽。倪老师一个劲头地说："见到你太开心了！你还能记得我吗？"我说："怎么可能不记得呢，这些年，我一直都记挂着老师，只是苦于联络不上，听说老师常年在上海，所以只能在心中惦念。我的小学时代，最难忘的就是倪老师了。"倪老师面露惊喜，有泪光闪烁。

倪老师不知道，她当初给一个农村小姑娘带来了怎样的改变。如果说人生总归会遇上一些贵人，那么倪老师就是我的第一个贵人，即便她只教过我一年半，我也会感念她一辈子。

我小时候上的是村小，学生都是附近几个村的孩子。一年级时，班上有一些个子很高的大龄男生经常捣蛋欺负人。我是班上年纪最小的，个子又偏矮，平时胆子也小，说话都不敢大声。虽然成绩不错，但是班主任老师说我胆子太小，不能担任班长。于是，我在班上就是个安安静静、默默无闻的小女生，老师对我的评语也总是"不够大胆、活泼"。

四年级时，倪老师调来，担任我们班的语文老师和班主任。那时倪老师 40 岁不到，长相清秀，教学专业，我一下子就喜欢上了这个老师。我不知道倪老师凭借什么一下子关注到了默默无闻的我。她在班上表扬我普通话说得好，总是让我站起来领读课文。就这样，我越来越自信了，敢于大声地说话和朗读了，成绩也越来越好了。后来，学校有一个去乡里的中心小学参加朗读和写作比赛的名额，倪老师为我争取到了，并且亲自骑自行车带着我赶去十几里地以外的乡中心小学参加比赛。

有了之前的良好表现，在学校组织的六一节少先队活动中，倪老师又推荐我担任典礼的主持人。之后，我还当上了大队委，参加各种主持和表演活动。因为有老师的信任，我越来越有底气，站在舞台上，一点都不紧张，一次次的锻炼让我越来越勇敢、大方、自信。聚光灯下，无数观众的注视里，我知道只要我准备充分，就可以很清晰流畅地表达我的思想。那个胆小畏缩的小女孩彻底不见了。小学时代打下的基本功让我在之后的学习、工作、生活中受益无穷。

一个好老师，教给学生的不单单是文化知识，还有潜移默化对学生人格发育、精神成长方面的引领和助力，而这些无形之物可能会产生更深远的价值。感谢倪老师及时出现在了我童年的课堂，让我勇敢迈步，看到更宽广的世界。

2018 年 7 月

她们和他们

缘起是一个面包机，晓玉从晓春那儿借了个面包机，就凭一个面包机，晓玉就有本事动起在家请客聚会的念头。

在一个初冬的傍晚，一个 QQ 群建立，群名"吃什么呢?"从此结下 9 个女子 9 年的缘分。不知道晓玉当初是凭什么来列这个聚会名单的，她们有的本是多年好友，有的只是稍有熟悉，有的还从未谋面。面对晓玉这个"吃什么呢"的邀约，大家都是欣然前往。由于工作原因，那个晚上的聚会没能聚齐所有人，比如传说中气质优雅的晓春未曾亮相。晓春的第一次出场，是数日后她带大家去一个工厂店买裤子。做面包、买裤子，这样的开头似乎跟文艺沾不上边。而后，她们便时常吃喝玩乐相聚在一起，那时候，学校、书店、电视台、报社、医院等都在老城区，午休时间便可说聚就聚，几碗简单的面条配上丰富的聊天内容就是一场愉快的聚会。

记不清是哪一天，她们给这个群换了个名字，叫"大户人家"，红天生气场强大，自然而然成了老大，还有春老二、玉老三、鸿小四、星小五、波小六、蔚小七、颖小八、雪小九。奇妙的是大户人家的这个排名也不是跟年龄成正相关，谁也不知道当初的排序到底因何而来。

这么多年，她们珍藏了很多故事，各种带仪式感的聚会，买衣服、拍合影、看话剧、听讲座、聊读书、开"睡衣派对"、玩房车露营，线上线下谈天说地，聊生活、谈工作、探讨孩子的教育、交流对社会热点问题和身边事件的看法……因为这样的互动交流，她们发现了更多的美和乐趣，学会了多视角看问题，站在不同的立场去分析问题、理解他人，更包容、理性、成熟。

起先，"大户人家"的聚会时常会带上孩子们，各种才艺展示、互动表演、合作交流，留下很多欢乐的成长印记。9年的时间，雏鸟纷纷开始展翅远飞，"大户人家"的姐妹们因为工作关系空间距离也远了，聚会不再那么容易。姐妹们时常感叹，虽然大家性格各异，但是"大户人家"却能相亲相伴这么多年！这份持久的凝聚力来源于她们身上的共同特质：热爱文艺、热爱生活，对美有着不懈的追求。在这个疫情散去的春天，她们已经约好一起去苏州观赏舞剧了。

说完"她们"，再来说说"他们"——"悦读时光"群。如果说"大户人家"的前身"吃什么呢"很接地气，那么"悦读时光"也有一个很朴实的曾用名"晒书小组"。2015年，晓春相约几位好友一起在微信朋友圈玩一个晒书游戏，就是把自己正在读的书拍照晒出来，并简单介绍阅读感受。在年末最后一天，"大户人家"的老大红正在南方的阳艳里快乐度假时，老二晓春在老家凛冬的寒气中另外拉起了一支队伍"晒书小组"，当上了一呼百应的组长，并把"大户人家"的全部姐妹一并拉入了小组。最初，这个群共有14名成员，来自北京、上海、重庆、苏州、海门，有文艺女，有理工男。后来群名改成了"悦读时光"，小组成员持续扩增，加入这个小组的首要条件是要爱读书，并且要交作业——写读书心得。热心的组员在百度网盘上专门设置了空间，每个人都有一个专属房间，放置各自的作业。

"人到中年，工作生活的压力都很大，读书，还要写作业，自己给自己压力，也没什么实际的好处，这个真的好玩吗？"听到过这样的疑问。无论他人怎么看待，身在其中的组员都乐此不疲，并且每年都在吸引新鲜血液加入，甚至还有了90后"悦二代"的加入。组员来自五湖四海，很多还属三高人群——"高学历、高职称、高素质"，团队的壮大，首先来源于组长的人格魅力，其次应该是阅读的力量。在这里，不讲身份职务的高低，没有年龄长幼的区分，只是组员的身份，推荐书籍、分享体会，再对组员的读书作业分享感受。虽然组员分散在大江南北，但是依然组织了各种形式的线下读书会和主题分享会。组长每个月都会晒出作业统计表，制作漂亮的榜单表彰优秀成员。这里学霸很多，但也无须焦虑，你可以选择"卷"，也可以选择"躺"，作业可长可短还可偶尔"偷瓜"。要的是一种心态，享受阅读带来的感动或启迪，享受交流带来的共鸣和愉悦。

当然，这里也不只有读书，还有幽默分享、随性交流、组员们的各种才艺展示（绘画、书法、编织、雕塑、手工、演讲、访谈、视频制作等）。在这里，总有新鲜的资讯，有意思的链接，各种趣味互动。在这里，可以破除信息茧房，打通认知壁垒，拓宽思维眼界，感受思想的碰撞、情感的共鸣。润物细无声，在这里，在轻松愉悦的氛围中，滋养在无意中悄然发生，这也是他们愿意在忙碌的工作之余读书写作业"自讨苦吃"的原因所在。

"她们"，9个人的9年，长久而固定的关系能带来安全感，稳定性让"大户人家"充满温情。"他们"，从最初的14人到如今的62人，开放悦纳的关系能产生新奇和激励。在这里，可以看到荣格理论中的各种人格类型，丰富性让"悦读时光"充满活力。

　　"这世界有那么多人，多幸运我有个我们。"喜欢这首歌的旋律，更喜欢这句歌词。无论是在"大户人家"，还是在"悦读时光"，我都可以说"我们"。多幸运，我有个我们。

2023 年 2 月

春风化雨　芬芳怡人

春水初生、春林初盛、春风十里，不如你。

读这首诗，毫不犹豫，我想到的就是她——春芳，我的知己、老师、同行、战友、同学……很多的名头都可以给她套上，在我心里，她是上帝送给我的礼物。

如此重要的人物，出场自然也有故事。我们是同行，隶属于同一个系统却在不同的县区，人生的前三十多年，各居一隅，互不知晓。忽然有一天，我在办公室接到了一个电话，来人是找我这个名字的，我接上电话，对方便惊呼："原来是个女孩啊。"来电者便是春芳。我们单位之间有院报相互交流，她看到我的一篇散文，引发共鸣，便主动找上门来，不过在她的判断里我应该是个老先生。即便是老先生她也想主动认识，这就是春芳的个性，热诚豁达，爱才惜友。通上电话后我们便加了 QQ 好友，当我打开她的空间后便一发不可收拾，废寝忘食地读完了里面所有的散文、小说，激动万分，这就是我想要的朋友。

相同的人生观、价值观让我们成了亲密"网友"，工作、生活、学习、读书、育儿……各种交流。神交了几个月后终于有机会见面了，我们同去省城开会，在不同的时间抵达，但在会场上，只一眼，就都认出了彼此。同居一室，更是彻夜长谈。作为同龄人，从家庭出身、成长背景、求学经历到工作性质、兴趣爱好，我们都有着太多的相似点，仿佛看见另一个自己。

　　相似让我们相亲，相异又令我们相吸。我的性格偏女性的柔弱，她有着男性的豁达豪爽，我们也有着较大的身高差，一起出去通常是她照顾着我，但她又是个不拘小节、四处丢东西的马大哈、小迷糊，我得姐姐一样照管好她。因此，我们有着很多的糗事和故事。每每回想，忍俊不禁。

　　她古道热肠，有一颗特别热诚善良的心，如冬日的暖阳，会辐射出恰到好处的能量温暖身边的人。在外出行，她会主动关心需要帮助的陌生人，哪怕是一句问候、一个搀扶。在单位，她更是一个热心人，看到孤单无助的人，她都会主动上前问一句："有需要帮忙的吗?"她组织、主持各类公益活动，她的时间总不够用，但是在帮助他人方面，她从来不会吝啬自己的时间。

　　她博学广闻，能文能道，可聊闲情逸事，更可叙阳春白雪。她是为舞台而生的，辩论赛上，她才思敏捷、气势凛然；吟诵会上，她深情款款、行止翩然；晚会主持中，她活泼风趣、善调气氛；讲座发言中，她则思路清晰、从容大气、旁征博引、信手拈来。舞台上的她总是闪闪发光，我为她骄傲、兴奋、激动，同时也一次次地被她激起前行的力量。当我听到她演讲中的那句话："珍惜每一次出丑的机会"，我羞愧于之前自己种种的退缩，那是因为害怕自己底气不足，其实更是少了她那份"不怕出丑"的勇气和自信。而她的勇气和自信来源于经年累月的积淀，她是书痴，阅读速度极快，每年读书逾200本，经常为了读完一本书彻夜不眠，还擅长思考，写起读书笔记洋洋洒洒下笔千言。

　　当然，她也不是总那么高大上，很多时候，她是个调皮爱玩的孩子，她喜欢写作、摄影、书法，玩骑行、徒步，还有捣蛋，什么好玩的事儿她都爱凑个热闹，有时候也跟我一样懒散、有始无终，就如我们曾经约定每周制订读书写作计划，相互监督完成，结果两个懒虫无疾而终。

她是一面镜子，让我照出自己的优点，也照出瑕疵和缺陷，她会很真诚地告诉我哪儿做得不好，哪儿需要改进。开心的事儿，我们会马上通报喜讯；难过时，我们会无条件耐心倾诉和聆听；犹豫不决时，我们会交流分析，共同探讨。当然，出丑时我们也会相互嘲笑、逗趣。我们分享美好的礼物、书籍、音乐、朋友，我们有重叠的朋友圈，有一帮志同道合的好友。我们有着说不完的话，为了节省时间，我们通常不敢打电话或者聊QQ，免得一发不可收拾。但即便相互长时间不联系，一旦开口也无须说你好，直奔主题便可，宛如我们每天都在一起。

孔子曰：益者三友。这"友直，友谅，友多闻"不是春芳的写照吗？我实在是个幸运儿，有友如此，人生大福！

2017年1月

第四辑　清平乐

拥抱父亲

今天，是老爸的66岁生日，我早就预备着帮老爸挑选礼物，可是爸妈再三强调他们什么都不缺，千万不要破费，只要一个小蛋糕意思一下，一家人欢聚一堂就是最好的。

因为最近比较忙，生日又不是星期天，我没工夫出去选礼物，就顺了父母的意简简单单订了个蛋糕。傍晚下班后，我拎着蛋糕走在春风里，满眼的桃红柳绿，心情无比舒畅，突然有了个想法，今天就送一个拥抱给老爸作为生日礼物吧。

小时候，父亲在外地工作，难得回来，在家里，也是表情严肃，对我不苟言笑，因此，我跟父亲很是生分，不愿主动跟他说话，更别说撒娇发嗲了。大概五六岁，有一阵子父亲好长时间没回来，回到家我居然不愿意喊"爸爸"，被妈妈吓唬要扔进粪坑才不得不瓮声瓮气地叫爸爸。渐渐长大后，对父亲的了解多了，知道父亲曾是海门中学的学生，喜欢看书，会写文章，会拉二胡，会讲笑话，深得乡亲们的信任和喜爱。父母亲都好客热情，父亲一回家，村里的年轻人都喜欢在我家聚会听我父亲谈天说地。因此对父亲多了很多崇拜之情，在小朋友面前谈起父亲总是一副骄傲的神情。

也许是性格的原因，父亲对外人总是热情大方幽默，而对待自己的亲人不擅长表达感情，偏向严苛，缺少包容，我犯个小小的错误，比如不小心摔个杯子之类就会遭到父亲的批评。但是我知道父亲是爱我的，父亲那时候身体不太好，常常吃药，家里的经济状况不是很好，但是他每次出差回来，总会给我买书。我的那些小图书在那时候的小朋友看来是很时尚高级的，那些精美的小人书被我反复翻阅到现在还牢记脑海，当时心里面为有这样一个爸爸而得意非凡，但在实际的相处中，却始终没有特别亲密的感觉。可以用"敬畏"这两个字来表达我从幼年到少年对父亲的感情。

对父亲的感情转变是从去上外地中专开始的，父亲经常会趁出差的机会来看我，给我带各种好吃的、硬塞给我零花钱，每次假期回家，父亲总会做一桌好吃的让我解馋。那时候我开始感受到父爱的浓深，而随着我毕业、就业、结婚、生子，父亲的年岁在慢慢增长，对我的关爱也表现得越来越深厚，可谓无微不至。最近几年，更是表现出一种对我的依赖、亲昵，在家里跟母亲说话时也总是不提我的名字，而是直接说"窝（丫）头"，甚至当面喊我也是用这个词。因为从小不曾亲昵，现在这样的表达反而让我浑身不自在，曾很多次想对父母说还是喊我名字吧，但是立即被自己否定，人生在世，只有至亲的父母愿意这样喊你，我怎么能不好好珍惜还拒绝呢。我想这可能也就是基因的作用，我跟年轻时候的父亲一样，不擅于跟最亲的家人表达爱和依恋。

今天是父亲的生日，我想迈出这一步，亲亲热热地走上前去给爸爸送上一个深深的拥抱，告诉父亲我爱他！突然间想起那句歌词："我怕来不及，我要抱着你，直到感觉你的皱纹有了岁月的痕迹。"

春风飒爽，我拎着蛋糕，不由加快脚步。

2014 年

来，让我来想想办法

　　开学前，女儿在家整理行李，拿了一个细长的玻璃杯说："这个空杯不要扔了，给外婆吧，她总会派上用场的。"女儿从小就是我母亲带大的，在她心里，外婆无所不能，而且总能变废为宝。比如外婆会把塑料的带柄的牛奶瓶改装成搁置锅盖的架子；把各种废弃的容器改装成种花栽草的花盆。母亲习惯说："我们来想想，有什么好办法。"于是女儿习惯性地把一些舍不得扔掉的旧物送给巧手外婆，使之焕发新生命。

　　母亲是外公外婆三个子女中最小的，在家里很受宠爱。嫁给父亲后，家境贫寒，父亲由于先天不足和幼年受苦营养不良，体弱易病，且因工作原因常年在外，故家中的里里外外大小事儿便都由母亲来扛。

　　母亲也是迅速进入角色。白天下地干活，喂养家畜，晚上做家务和女工，什么都能干，样样都拿手。我记事时，农村已经实行联产承包责任制。家里分到好几亩地，但是父亲不在家，只有母亲一个人起早贪黑地忙。母亲的忙从来不盲目，她喜欢看书读报，跟着报纸的信息，参考着书本知识种植和养殖。母亲养的猪总是很能长，养的鸡很会下蛋。母亲会照着书进行衣服裁样，全家人的衣服都是母亲自己裁剪和缝纫的。母亲是村里第一个规模种植西瓜的。她按照书本上的指导进行西瓜的培育，结出的西瓜又大又甜又多，小小的我每天敞开肚皮随便吃。送了长辈乡邻后，母亲把剩下的西瓜拿出去卖。每天天不亮就起床，28 寸的自行车后座上两侧装两个大箩筐，装满西瓜。母亲小小的个子骑着这辆"大货车"摸黑出门，赶到三十公里外的县城，把瓜卖完，通常都是下午，再骑车回到家已近傍晚，总是一身的汗。但母亲从不喊累，回家还跟我讲卖瓜过程中的新鲜有趣事儿。

夏天，母亲顶着烈日卖西瓜；冬天，迎着寒风卖韭芽。同样都需要起早天未亮就出发，冬天更苦的是韭芽从地里挖出来后要在刺骨的河水里进行清洗挑拣，母亲的手总是被冰水冻得通红并皲裂。

20 世纪 80 年代，改革开放的春风也吹到了我们的乡村，个体户开始活跃。母亲在舅舅的影响下，摆起了图书摊，进了一批图书和连环画以及挂历、年画等，在镇上公路边摆地摊卖。我和父亲都是书虫，母亲做这个生意，正合心意。我读了好多小人书连环画。父亲在家时说是帮母亲看地摊，实则正好自己看书，连生意都忘了做。母亲要进货、摆摊、收摊、整理……现在想想，哪一个过程都不容易。摆地摊日晒雨淋实在不是长久之计，后来父母设想在镇上用废弃的汽车壳搭个简易棚，但是活干到一半被镇里干部阻止了。鉴于经营中的困难，以及当时图书代销的利润过低，母亲的这个创业计划就没有继续下去。现在每每忆及此事，母亲还感遗憾，毕竟，她是当年第一批做图书销售的个体户，如果当时有足够的资金成本，能克服困难坚持下去，后面说不定就能做出点名堂。

我中学毕业外出上学后，母亲就离开了农村老家到城里和父亲团聚了，离开了土地，不需要脸朝黄土背朝天地劳作了，但她仍未闲着，绣花、做手工等等，依然每天忙碌。我的孩子出生后，母亲便全身心地帮我照顾孩子，也成了女儿心中的万能外婆，既会做饭、做衣服（从帽子到鞋子）干家务，也会讲故事、玩游戏，还会修玩具。

我的万能老妈，她有时候像是男子：挑水、耕田、杀鸡、钓鱼、修理物什；她更多时候是女子：做饭、编织、裁剪、缝纫、绣花。如今她又是个会享受生活的老太：跑步健身、养花种草、看书读报、玩电脑游戏和手机微信，日常打打小牌。她爱学习、好动脑，喜欢接触新鲜事物，在有限的篇幅里我无法述尽她的灵巧能干和她身上的其他品质。

母亲说，她年轻时吃了太多的苦，因此她要尽自己的力不让女儿受苦。于是，能干的老妈便养出了我这个懒女儿，不会编织缝纫，不会下厨做菜。但是，母亲以自己的言行教给了我更重要的东西：积极努力去追求美好生活；乐观豁达面对生活境遇；遇到困难冷静思考解决办法。

"来，让我来想想办法。"这是母亲常说的话，也是我的力量源泉。

2019 年 3 月

先生不懂诗

"最起初/只有那一轮山月/和极冷极阴暗记忆里的洞穴/然后你微笑着向我走来/在清凉的早上/浮云散开/既然我该循路前去迎你/请让我们在水草丰美的地方定居/我会学着在甲骨上卜凶吉/并且把爱与信仰/都烧进/有着水纹云纹的彩陶里/那时候/所有的故事/都开始在一条芳香的河边/涉江而过/芙蓉千朵/诗也简单/心也简单"

是什么样的女子，可以把"历史博物馆"描摹成这般模样？

在秋日的暖阳下，我忽然变得勤劳起来，在家里忙碌着整理书柜、翻晒书籍，擦拭、整理、排列，看着这些可爱的面容，心底忽然泛起浓浓母爱，仿佛他们都是我亲爱的孩子。心算着在太阳西斜之前把这项工作完成，可是，就在那么倏忽之间，随便这么一翻，心便被黏着了。

原来是席慕蓉的《在黑暗的河流上》，首先这一首《历史博物馆》，"像一幅佚名的宋画，在时光里慢慢点染，慢慢湮开"……我也这样，穿越进了时光的隧道、披上了诗的霞衣。

就这么在阳台的光影里读诗，太阳悄然西行，光线愈渐暗淡，身上始觉凉意。惊起，想起下午还有好多事儿要做的，赶紧把余下书籍收起胡乱堆放。就这么，一本诗集把一个预备好好表现的"勤劳主妇"弄得阵脚大乱。

是夜，上床入寝，照例要睡前阅读，床头那一堆大大小小的书都成了弃婴，捧在手上的当然就是新欢——席慕蓉诗集，读着读着，好生欣喜，忍不住念出声来，而且居然觉得自己念得委婉动听，遂得意地问身旁的他："怎么样？静谧的夜晚，有美女在身旁给你念诗，是不是感觉特温馨浪漫？"期待着听好话，结果他盯着电脑屏幕目不转睛，不动声色抛过来一句："没感觉，这是你们文学青年的东西，我听不懂。"晕倒！没辙，只好自己独自消化了。

文字的魅力确实不可小觑，这几日似着了魔地惦念着读诗，又一日，先生晚回家，进了家门四处找不见人，循声推开洗手间门却见我一边泡脚一边在读诗，他摇摇头咂咂嘴："不得了啊！"离去。

每晚，我们两个在房间，他做他的事，我念我的诗，相安无事，一日，读到"楼兰新娘"，我忽然心酸难忍，推着身边的他："怎么办？我要哭了！"他看也不看我，递过来一个纸巾盒，并扔来一句"要淡定！"我的情绪还在诗里，"老公，西方小说里一直有围着壁炉，坐着摇椅读书的情景。等我们老了，你睡不着的时候，我就给你念诗催眠好不好？""随便。"一颗热情的心霎时被浇湿。这就是我的先生——不懂得诗情画意、不会说甜言蜜语。

但是，我还是感恩有这样一个他，不会吟诗诵词又有什么关系呢？正因为有他这么多年来的关爱照护包容，我才能有这么轻松舒心的生活，才会有这样一份恬静闲适的心情来读诗念词，而不是被生活的艰辛和烦琐的家务打磨成一个失去诗心的怨妇。他是一个理工男，对机械之类感兴趣，特别擅长修理家里的电器之类，动手能力非常强，被女儿称为"万能老爸"。确实，娶了我这样一个柔弱多病又懒散的女子也真是件辛苦的事儿，不过，他没有怨言，默默地以男人的肩膀和胸怀扛起一切，给我和女儿撑起一片晴空，让我们自由自在地呼吸生长。虽然他从来不屑于当面对我说些好话，比如说我让他参考衣服的搭配好看不好看，他定是没有好话的，十足吝啬鬼！但是有一次我无意中听到他在别人面前使劲夸我，让我都觉得太过分。这些年来，我的身体一直不是很好，旧疾时常发作，无数次半夜三更，他要带着我上医院。为此，他还学会了一套穴位按摩手法，还很有效，现在每次胆囊炎发作，我不是先想着挂水，而是赶紧回家找他解决。相比身边同事朋友的勤劳贤惠，我总是羞愧，这么多年，我一直保留睡懒觉的习惯，因为早起做早餐送孩子上学的任务一直都是他在承担。他包容我的懒惰，也包容我像个孩子般自由地做自己喜欢的事儿，就如读诗，他即便不听，但不会阻止我批评我。

感谢我家这位不懂诗的先生，给了我宁静安逸的生活，让我在这个年龄依然可以尽情沉浸于诗歌，在诗里，感受对这个世界更多的爱和感动……

2012 年 11 月

第四辑　清平乐

最好的怀念

这个清明时节没有阴灰的天空、纷飞的细雨，阳光慷慨铺洒，和风轻拂嫩柳，百花开始萌动。在这样的日子里怀念故去的亲人，心情少了愁苦，更多的是一份温暖和感恩，比如我此刻对外公的怀念。

外公有两女一子，我是外公孙辈中唯一的女孩，所以被当作掌上明珠般疼爱。我出生的时候是腊月二十八，隔天就是新春大年初一了，家里忙得不得了，外公喜滋滋地说这个孩子是来迎新春的，新年新气象，从此我们家里就该旧貌换新颜了，就取名"新颜"吧。于是，我的乳名便被唤作"新颜"。

外公家距我家十多里路，那时的道路坑洼曲折，外公经常骑着他的老爷车花上一个多小时来看我们，每次都会给我带各种礼物。每到寒暑假，外公就会来接我去过假期，我坐在外公的自行车横杠上，耳边是外公粗重的呼吸声，因为路程颠簸又漫长，我常常睡着，外公就把我的脑袋揽在他的胸前，上桥下车他也不会喊醒我。外公家里，有个高高的大红橱，打开橱门永远都有为孩子们准备的好吃的。外公对儿孙们的爱是无微不至的，不管多淘，外公从来不会打骂，甚至大声的呵斥都不曾有。对我总是有求必应，吃甘蔗的时候外公会用刀把甘蔗一根根去皮、切成一小段一小段，让我们一边玩一边吃。我最喜爱在外公的棕绷床上玩蹦蹦跳，外公睡觉时，我淘气，在他一旁跳个不停，把外公上上下下地颠，外公总乐呵呵地笑。虽然外公对我有求必应，但有时却很严格，外公喜欢看我做作业，要是我歪着脑袋弓着背或者斜着作业本，外公肯定会发话，要我必须摆正姿势，我一直记得外公的话："写的字也是品格的反应，歪扭潦草的字就说明这是个做事不认真的人。"外公没有机会接受正规教育，但自学书法，颇见功力，父亲说外公当年在商店工作时，顾客购买祭奠亲人的空白挽联都由外公当场挥毫书写，赢得大家的一致赞誉。

外公很胖、还耳朵聋，所以动作艰难、反应缓慢。外公家厨房灶间烧火的地方放着一张树根做的宽宽大大的矮凳，外公有时候会干"烧火"这活儿，一旦坐下去，站起来就很艰难，他会喊："新颜，快来拉拉外公！"外公要是到我们家来，家里的一张藤椅就是他的宝座，他一坐上去，就把藤椅全部填满了，他总是坐在椅子上笑眯眯地看我们做事，听家人讲话。因为外公常来家，我们村里的乡邻都熟识他。邻居们喜欢聚在我们家听我老爸讲笑话，每每一屋子人笑得乐翻天的时候，外公也哈哈大笑，声音比谁都响。有人纳闷，大声问他，"你听见我们说的事儿了吗？"外公说："没听见。""那你为什么笑得这么开心？""因为我看见你们都在笑，想来肯定是很开心的事儿，所以一块儿乐乐。"于是这个故事变成我们村里的一个段子，若干年后人们还会笑谈起。

据老一辈亲人介绍，外公出身贫苦，全凭自己奋斗，从年少时给富家做帮工起到临近新中国成立时成为略有余财的商人，其间吃尽了千辛万苦。新中国成立后，为了照顾长辈亲人，外公带着妻儿从上海回到了老家，在商店工作，在当时来说，家里的经济情况算是好的。但是外公外婆特别慷慨仗义，总是接济亲戚乡邻，外公那个患有糖尿病的妹妹带着两个女儿常年住在他们家，大外甥女就在他们家出嫁，嫁妆也由外公外婆准备，这在乡间极其少有，为人称道。外婆的一个侄儿两个外甥也经常住在他们家。所以家里粮食根本不够吃，外公总是先照顾别人，以至于自己严重营养不良全身浮肿。因为被扣上富农的帽子，外公遭受了很多精神和肉体上的折磨。他咽下所有的苦，挨过了人生的至暗时刻。风雨过后见彩虹，好心善意都有了回报，外公享受到了晚年的幸福生活。那些侄儿外甥后来都考上了大学，有了出息，每年都会寄信、寄物、寄照片回来，外公的床头有个绸子做的精致信插，翻看这些来自天南海北的书信成了外公最欣慰的事儿。

外公热情好客，村里人都爱来串门，外公和附近的几位退休大爷每天有固定的活动内容。上午，摆上一个棋局下上几盘，顺便哼哼小曲。午饭后再打上一局长牌。晚上，外公喜欢喝点小酒，听听收音机，看看报纸。

这就是我的外公，慷慨善良、宽厚慈祥、乐观豁达。随着年龄的增长，他的耳朵越来越聋，跟他说话需要贴着他的耳朵很大声地说，渐渐地外公说话越来越少，但是他总是笑眯眯地在一旁看，现在想起这个形象，突然心疼得很！听不见这个世界的声音，外公心里一定会很孤独吧！

从小长到大，我一直在无所顾忌地享受着外公毫无保留的爱，等我长大懂事想好好孝顺的时候，外公已离我们远去，成了我心中永远的遗憾。外公病逝时，我父亲献给外公的挽联是："身世坎坷，酸甜苦辣都吃尽。大智若愚，世事洞明老先生。"粗略刻画了外公的一生。我想，对外公最好的怀念就是遵循他的言传身教：真诚宽厚待人、认真踏实做事，善于享受生活的乐趣，珍惜善待身边的所有！

2012 年 4 月

给陌生人开门

照例，晚饭后，我和先生出去散步，女儿留在家里做作业。走了一半，女儿打来电话，说刚才有个人来推销产品，送了点东西给我们。一听这话，我们两个急了，匆匆赶回家。

刚进家门，就看到鞋柜上摆着一套粉红色外观的洗护用品，有洗面奶、洗发精、沐浴乳。爸爸有点气急败坏，责怪女儿："跟你说了，除了爸爸妈妈，不要给外人开门的。你怎么不听话？"12岁的女儿噘着小嘴，有点委屈，"我知道的，以前也有过陌生人来敲门，我都没开。这次是因为一开始我错以为是爸爸妈妈回来了，听到敲门声我走到门口先回了一声，人家已经知道我在家里了，怎么好意思再不开门呢？""你这样太危险，假如是居心不良的人，看到家里就你一个小女孩，不知道会做出什么吓人的事儿来。"爸爸显然还是心有余悸。我知道女儿自己也觉得有点不合适，所以她在事后立马给我们打了电话。看着她有点委屈的样子，我把她拉到一边，慢慢跟她聊，听她讲事情的经过到底是怎么样的，她说来推销的人是个大学生模样的大哥哥，很有礼貌很温和，跟她讲了些产品的相关资料，然后说是赠送一套试用装，并且最后还请她在登记本上签了个名，表示收到赠品。之后他就很有礼貌地道谢告辞。听女儿描述的过程中，我仔细感受孩子在刚才的情景中的心态，当她一不留神打开门后，面对从没经历过的推销场景，她心里肯定是无措和慌张。我就用轻松的语气逗她："看来我家女儿是个有福之人，轻轻松松坐家里就会有好事儿送上门来。以后就在家守株待兔吧。"女儿扑哧一声笑了，我再跟她说："这次是有惊无险，也算是个难得的有趣的生活体验，以后可再不能那样，陌生人一律不能开门。"女儿沉默了会儿，忽然很认真地对我说："妈妈，假如你是推销产品的，每一户人家都不给你开门，那你怎么办？"那一瞬间，我愣在那里，是啊，假如我是一个推销员，背负生存的压力，每天必须四处奔波，面对冷漠和白眼仍需一腔热情地去沟通、去说服，面对一扇扇久叩不开的铁门，我会是什么样的心情？沮丧、无奈甚至是绝望……那一瞬间的角色转换，有一种辛酸感。眼前的问题是，我该怎么回答孩子的提问呢？"是啊，假如我是个推销员，我肯定希望每一次敲门都能得到主人的回应，即便我的推销没有能成功，我也希望是相互礼貌真诚地招呼。你的想法妈妈非常理解，我们的社会需要人与人之间的相互信任、相互帮助。但是，世界上的人总是形形色色的，我们身边有很多好人，可是也有些坏人会抓住人善良的心态而做一些坏事儿，所以，为了保护我们自己，就只好多一份防范。像你们这些孩子，还分辨不出好人坏人，并且没有能力和坏人对抗，就只好更注意防护。"女儿点了点头，又说："妈妈，我想起来一个成语，叫作草木皆兵。""妈妈，我不是听你们说起小时候很小就自己做很多事儿，大人也不管你们，真羡慕你们小时候！"

是啊，我们小时候，那是个人心淳朴的年代，路不拾遗、夜不闭户，渴了、累了，随便到哪家都能讨上口水喝、借张凳子坐。现在，物质生活越来越富裕了，安全感却越来越少了，防盗门、摄像头、监控器帮我们设置了层层保护屏障，人与人之间的疏离、冷漠却让更多的心灵失去依附、无处安顿。

孩子是需要我们感恩的人，孩子的提问常常让我们警醒、思考。在帮助他们成长的过程中，从孩子的身上我们可以看到自己的缺点和不足，可以突然让我们对生活多出一份感悟。

2010 年

带上父母去郊游

草长莺飞三月天，拂堤杨柳醉春烟。周六的中午，走在下班路上，我看着河边道旁柳湄抹绿、桃花吐蕊，满眼的嫩绿、满树的粉红，心情在阳光下雀跃。突然蹦出一个念头，下午休息，不如带上父母去郊游，去长江边踏青赏春。

"逢春不游乐，但恐是痴人。"诗人白居易曾这样写，确实，春天到来，万物生发，天地间一片生机，在古人的诗词歌赋和戏曲作品中，可以看到春日里人们乐于外出游赏，即便是养在深闺的女子这时候也要出门游赏。现如今，交通更发达，人们的活动半径更大，假日里驾上小车随心所欲地外出游玩不再是件稀罕事。但我们首先考虑的往往是孩子，经常是联合几个家庭，孩子差不多年岁的，然后设计行程，主要目的是让孩子玩开心、开眼界，很少会带上身边年迈的父母。

想到这些，是心有愧疚的，父母操劳了一辈子，现在理应好好享受晚年生活，出去看看这个美好的大千世界，但是让他们单独出去，我心里放心不下，陪他们一起出去，却总是有各种各样的忙碌的理由充当借口。带着他们在自己的城市里郊游也是个很好的办法，一边走一边为自己的这个想法叫好，果然，回家一说，老人们开心得很，正好大伯也在我家，我又把姑姑也喊上，一车子人满满当当，一路说说笑笑去江边，阳光灿烂、春风和煦，说不出的轻松愉悦。他们几位老人，平时都在家里忙碌，很少来南部新城区，我正好带他们一路看新城，介绍城市的规划和那些矗立而起的新建筑，他们像孩子般一路观看，一路兴奋地交谈、惊叹。

在江边，我看到很多的游人，大家放风筝、烧烤、搭帐篷，四个老人对这些都很好奇，原来我们的长江边这么热闹、这么好玩。父亲原来是搞水利的，当他看到那个雄伟矗立的"江堤达标纪念碑"，心中有很多感慨。我们的老家在临江，长辈们从小是在长江边长大或是曾经工作生活，对长江有着不一般的感情，如今，走下高高的石堤，踩在松软的沙滩上，眼前是浩渺江面，水天一色，不由得感慨万千。我充当导演和摄影师，让他们单独或三三两两组合，以壮阔的长江为背景，为他们留下一张张笑影。天边，云卷云舒、帆影点点，近处，纸鸢摇曳、孩童嬉闹。江风拂面，吹起他们已经不再乌黑的头发，但是每一张脸都是神采飞扬的，他们热烈地回忆年轻时的往事，不时发出爽朗的惬意的笑声，这串串笑语声被春风卷送至空阔的江面，传得很远……

那一刻，我的眼角有些湿润，长辈们是那么容易满足。我们总是想到带孩子去看世界，其实，孩子们的未来还很长，他们有大把的时间、很多的机会去看外面的世界。而父母，他们那一代人曾经的辛劳苦难透支了他们的体力和健康，如今，他们的身躯已经不再挺拔、步履不再矫健，他们把一生最美好的年华给了这个家、给了孩子们，他们年轻的时候为了柴米油盐，为了全家过上好日子，日夜操劳，没有假日，除了出远门走亲戚，外出旅游那是从未有过的念头。当他们老了，日子过得宽裕了，但是他们仍然有任务，帮着子女照顾下一代，帮着子女买汰烧（方言，买菜、洗菜、烧菜），为的只是减轻子女的负担。也许，等再下一代也长大了，飞到外面的世界去了，爷爷奶奶也终于可以空下来了，可是，他们真的是老了，眼花了、耳聋了、腿脚迈不动了。趁着父母还精神，还有兴致，让我们带上父母去春游吧！

2016 年 3 月

甜蜜的退化

古剑老师说，书房和厨房是他最喜欢去的地方，两个地方都有美食，选材烹饪，精切细啜，乃天下君子美事。对照自己，忽然有了一个新的发现。现如今的我，大部分时间都耗在了书房，几乎不近锅灶油烟，可曾经，我也是个当家小厨师呢。

幼时，在农村长大，父亲常年在外工作，母亲一个人在田里家里起早贪黑地忙活，辛苦异常，所以很小的时候，我就帮助母亲干些力所能及的活儿。每到暑假，做饭烧菜就是我的任务。那年头，江海平原这一带的厨房柴灶都是前后双面中间有高大灶壁的构造，前面的灶台上架两到三口铁锅，中间嵌有小铁罐，用来温热水。高高大大的灶壁连着直冲屋顶的烟囱，上面会根据使用习惯划分出几个搁物格子，最边上是放热水瓶的，中间搁架上层放着油缸，下层是糖盐酱醋之类。转过去，灶台的背面是火膛，上层加柴烧火，下层收储灰烬。

我个头矮小，灶台的高度已经到我胸口，但是取搁物架上的油烟调料并没难倒我，我学会了一个本领，双手撑住灶台，用力一蹦，两个膝盖就到了灶台上，伸长胳膊就能取到搁架上的坛罐杯瓶了。于是做饭的时候，我就成了一个活蹦乱跳的小猴子，先在后面加柴引火，锅热了就噌地一下，跳上灶台，取下油缸，往锅里倒好油，再把油缸放回搁物架，跳回地面，转到后面加柴，把火弄旺，接着回到灶台前往锅里加菜，再蹦上灶台取下糖、盐或者酱油之类的调味品加料。还要到灶台边的水缸里取水。烧一个菜，需要前前后后跑个十次八次，蹦上蹦下三四次，绝对是体力活儿。

之所以很小就会烧菜，因为那时候做的菜都很简单，没有鱼肉海鲜，食材简单但新鲜。我最擅长做的就是红烧土豆块、咸瓜炒蛋、茄子烧洋扁豆。邻居的弟弟妹妹们都喜欢来吃我做的菜，有一回晚饭做了两碗红烧土豆块，香酥可口，还没等母亲从地里回来，就被馋嘴的孩子们都吃光了，没吃上菜的母亲没有生气，反而表扬我的慷慨，好东西就该和好邻居一起分享。

初中毕业，离开农村老家后，我的厨艺没有机会锻炼和发挥了。工作了，在医院做临床护理，上班时，我脚踩风火轮，是精神抖擞、冲锋陷阵的战士。回到家，就成了软瘫无力的废人，进门往沙发里一躺，右手是母亲送来的茶水，左手是父亲递来的水果，别说做菜，连碗都不让洗，我彻底过上了饭来张口的日子。就这样，二十多年来，我不曾再好好做过一个菜，当年上蹿下跳、刀切手摘、铲勺挥舞的十八般武艺就这么尽数废掉了。如今，父母亲虽已经七十出头了，还每日里为我们做美味的餐食，即便他们离家外出，先生也能下厨发挥，不需要我动手。寒暑假里，还能尝到女儿跟着网络课程学做的各类时尚美食。

有句歌词说"被偏爱的总是有恃无恐"，从少年到中年，我的厨艺非但没有进步，反而因长期荒疏而逆向退化。感恩这甜蜜的退化，那是亲人们无私的爱和包容。

2021 年 3 月

母亲的地摊

当下，"地摊经济"成为一个热词，朋友圈中频现各种关于摆地摊的段子，不禁让我忆起母亲的地摊。

说起母亲的地摊，那还是在我小学三四年级的时候。母亲的地摊摆的不是吃食杂物，而是图书、图画。在 20 世纪 80 年代中期，一个农村妇女，能想到在小镇上摆书摊，我不得不佩服母亲当年的眼光和气魄。

母亲的地摊创意来自舅舅，舅舅、舅母在麒麟镇上开设小书亭已经有些年头。母亲在一次家族聚会中谈起创业计划，舅舅建议母亲也可以试试卖书，母亲敢想敢做又能吃苦耐劳，一下便心动了，如若是换了别的营生，估计书生气的父亲是不赞同的，但因为买卖跟书有关，似乎生意也有了书香，父亲便也举手赞同了。

产生一个想法比较容易，真正要计划落地还有诸多的困难需要克服。父亲常年在外地工作，母亲有繁重的农活要做，还要照顾上学的我，我们家离镇子有十多里。但是母亲没有退缩，她目标明确，思路清晰。结合实际情况，她给地摊设置了时效，只选择在冬季摆摊，因为那时候是农闲时节，地里的活儿都忙完了，母亲有空余时间了，上镇购置年货的人也多了，尤其是学生也都放假有空出来逛街了。

冬天摆地摊商机比较合适，但是困难和考验也很多。肆虐的冷风里，母亲外出采购货源，回家分类整理，打点好装备，每天清早骑着28寸的自行车，赶赴十里外的镇上摆地摊。冬日的风很大，地摊上的书画摆放都要用点窍门，不然很容易被风吹乱刮坏。书画都要平铺展开，摊子不能摆太小，有时候，这边有人看，那边有人唤，两头都要忙有点顾不过来。最怕的是风沙和雨雪，母亲可以扛住风吹雨打，但是书画不行，破坏了品相便不好卖了。所以父母亲决定在镇上找个角落搭个遮风挡雨的小亭子，也省下每天摆摊、收摊的时间和精力。他们想办法买了一个面包车的旧车壳，请来了工人找了个靠路边的角落，想安置一个小书亭。可是，镇上的管理员来了，坚决不让搭建，这个计划只好作罢。母亲继续顶着冬日的寒风摆地摊。

母亲的地摊品种很丰富。有图画、挂历、日历本、连环画、农技类的图书，还有各类文学作品。父亲在休假回家的时候会帮母亲一起去看地摊。记得有一次，有个中年模样的男子在地摊前驻足，拿起本厚书，稀里哗啦乱翻，嘴巴里嘟囔着："什么乱七八糟的书这么贵！"父亲接上去就说了句："这本书不好看的，你不要买了。"那人丢下书转身就走了。母亲见父亲就这么把客户赶走了，责怪父亲："没见过你这样的卖主，既然不好看，那你为什么把它进过来，你准备卖给谁?"父亲说："这本是外国小说，我很喜欢。但是我看刚才那人根本不像个读书人，我不想我喜欢的书被人糟蹋了。"母亲深知父亲的秉性，不能强求一个书生做生意，便也只好作罢。

母亲摆地摊，最大的受益者是我。那个时候的书籍不似现在有透明的薄膜封着，是完全敞开的，随时等候有心人去翻阅。所以母亲书摊上的连环画，在没有卖出之前，我都大饱眼福了。印象特别深刻的是一套20集的《呼家将》，被我反反复复看了三四遍，再把故事讲给村里的小朋友听，关于仁义、忠孝、感情，当然还有十八般兵器，小伙伴们都爱来我家听故事，让我过足了当小老师的瘾。

母亲的书摊生意不是很好，利润很低，三年后母亲就没再坚持下去。之后谈起，母亲不免有点遗憾，因为后来图书市场放开了，生意也就好做了。母亲的地摊没有带来多少短期的利润，却给我们家带来了丰厚的远期红利，那便是激发了我对书籍的亲近感，我喜欢闻新书的味道，打开书页，把头埋于其间，那些笔墨的香味真是令人沉醉！于是，这份对读书的热爱延绵至今，成了我受之不尽的精神财富。

母亲的地摊，一本万利。

2020 年 9 月

又见阿彦

　　梦是通往潜意识的桥梁，潜意识又是神奇的存在，有时会给你带来意外惊喜。比如我在这个中秋节的收获。

　　中秋节的前一晚我做了一个梦，梦里有阿彦，还有我们曾经的课堂、考试和同学。中秋节中午我把这个梦境描述后微信发给阿彦时，她回复说我的梦充满了青春的味道，同时也告诉我她现在被公司外派去广州工作一年，虽然今天回老家看父母了，但是因为难得回来，很多事情要处理，故没有时间约见朋友。可没想到我这么能做梦。于是一句"你来我家吧"，二十分钟后，我们便坐在了一起。在这一刻，我感谢我的潜意识，多时未见的老朋友，因一个梦让期待已久的相聚突然成为轻而易举的现实。

　　从小一起长大的朋友，一路见证着各自的成长，随便什么时候相见，都是亲切的、自如的。不需要寒暄客套，仿佛我们昨天还在一起上学。心理上的零距离让人温暖、舒适又放松。

　　每一次见到阿彦，总是让我惊喜的，这次的她看上去比以前又年轻并且苗条了。上身是湖绿色 T 恤，下身是洗得发白的蓝色牛仔裤，脚上一双白色板鞋。浅栗色的卷发在脑后随意扎成一束马尾。迎面走来时，宛若一个二十多岁的大学女生。除了轻盈的身材，两侧脸颊也比两年前瘦削了，但皮肤依然紧致白皙。我相信有一种美叫作天生丽质，但我也知道，阿彦的美还来自于她始终如一的自律和努力。

聊起她如今在广州的日常生活，她说上班是上午 10 点，但她每天都是早上 6：30 起床，跳操晨练一个小时，出一身汗，然后洗澡、化妆，悠闲地吃个早饭，吃早饭的时候兼带听书。提前半小时到办公室，做些上班前的准备。10 点正式投入工作。我见过她工作的样子，作为一个在外企锻炼了二十多年的高管，她工作起来干练、高效，条理非常清晰。发邮件、电话、签文件、现场指挥，果敢、利落、指令清晰，沟通到位，令人佩服。她的办公室内，所有办公用品都归类摆放，有序整洁。下班后的休息居所内，咖啡机、别致的茶具、高保真的音响等一应俱全，她喜欢在家里一个人喝咖啡品茶时安静地听书。

和阿彦的差别，我在很多年前就已经深深感觉到。那时我们刚毕业工作，有一次相聚在家乡县城，上午去逛了书店，中午在一家餐馆吃完午餐后，我犯困得不行，就趴在桌上睡了一会儿，醒来发现阿彦还端坐在我的对面精神抖擞地看着上午新买的英语书。这个场景我始终记忆犹新。这些年，阿彦从底层开始，一步步升至中高层管理者，每一次相见，虽然阿彦从来不炫耀她的成绩，但是我自然而然地就能从她身上获取新的能量，我把这称之为"采气"。我相信天地万物间有一些各式链接，互为作用。那句诗这样写："好风凭借力，送我上青云。"个人的能量有限，如若能够有幸采得一些甘露滋养生命那再好不过。

作家潘向黎在散文集《古典的春水》中写辛弃疾时有这样一段话："若欲解厌世冷淡，读辛弃疾。欲破精致利己，读辛弃疾。欲振萎靡无聊，读辛弃疾。欲治气血两亏、虚弱颓丧，更须读辛弃疾。"当时，我便拍案叫绝，划了重点。是啊，在古典的诗词里，在读辛弃疾时可以获得这些力量。在现实的生活中，在每次与阿彦相聚的时光里，我也可以获得这些力量。一切都是最好的安排，我是个气血不足、间歇性懒惰萎靡发作的人，好在总有这些力量，随时能振我精神。这些力量不止辛弃疾、不止阿彦，她来自阅读，来自浩瀚的书卷，来自身边那些可爱的人们……

2022 年 9 月

陌生人的温暖

这个题目是盗版的，因为前两天在报刊文摘上看到这样一篇文章，触发了我也写一篇的冲动。

总有一些人、一些事在我记忆深处存留，与人聊天时也会偶尔谈起。但是我不曾为这些事找到一个归属，直到看到这个题目，才顿悟：原来，这些就是"陌生人的温暖"。

最想说的是小学五年级的一件事，学校组织学生去南通狼山春游，每个老师带一组小朋友。我们的领队老师是个年轻的小姑娘。下山时，人很多很挤，我们几个排成一横排，手拉手，我走在最边上，不时地被挤得摇晃，幸亏总被小朋友拉住，可是终于还是在一次人潮涌动时，我滚下了坡，同学们都吓坏了，年轻的女老师脸色都变了，我吓蒙了，反而不知道害怕，脑子一片空白。很多人看着，这时候，有个叔叔冲了下来，把我半拉半抱着救了上来，我到了上面，忽然哭了，说，我还有个包也滚在下面了，叔叔不由分说又下去了一次。上来时，女老师还没说完谢谢他就转身淹没在人群中了，我被小朋友们包围着问这问那，连亲口跟这个叔叔说声谢谢的机会都没有。这成了我永远的遗憾，我甚至没看清他长什么样，只记得他穿的蓝衬衣黑长裤。多想能有机会亲自向他道谢！

几年前，姐姐去苏州开会，我正好有假期，就也去苏州玩，她从南京出发，我从海门出发，约好在饭店汇合。可是我没坐上苏州的车，为了赶时间，就坐了去浙江的车，我不知道从哪儿下，车上的乘客非常热心，想办法考虑我应该在哪儿下车最划算。结果，我真的很顺利地到达了。我不知道他们的名字，但他们热情的帮助温暖了我的心！让我时刻记着也在别人需要帮助的时候尽自己的力。有一天上班时，下很大的雨，我打着伞走进办公楼，大厅里有个看上去很焦急的大男孩走过来问我借伞，说有急事。我想都没想就借给了他，他转身要走时又回头问我等会儿到哪儿还伞，我告诉他三楼。他匆匆走入雨幕。我到了办公室，同事向我借伞，我对她说了刚才的事，她笑我太轻信人了，这么大的雨，他真的还会送来？反正你又找不到他。我说不会！两个小时过去了，同事开始笑我"你的伞呢？看你下班怎么回去。"我无言，真碰上食言者也只能自认倒霉。过了一会儿，看到一个匆忙的身影，是那个男孩来还伞了，一个劲地道歉说有事耽搁了，并不住道谢。弄得我很不好意思，好像做了天大的好事。同事们也乐，说我运气好，总能碰上好人。

又想起了那个真实的感人故事，春节期间，一辆轿车行驶途中发生意外翻入河中，一个外地打工者不顾安危跳入水中救起了四个落水者。事后，记者采访这位见义勇为的外地打工者，他说，他这样做是因为海门人对他有恩，他老婆生病住院期间，一个陌生的海门人看他们可怜替他们支付了很大一笔医疗费，从此他一直感谢海门人。听了这样一个故事真的非常感动！陌生人的温暖一份一份地传递，让我们这个社会更像一个可亲的大家庭。想起父母亲从小跟我说的那句话："记得别人对你的好，也记得对别人好。"

2013 年 7 月

亳州印象

没有预先的安排，没有足够充分的了解，在这个冬末初春时节，驱车几百公里，我贸然地就来到了亳州。

亳州，隶属安徽省，地处中原腹地，位于苏鲁豫皖四省结合部，是一座具有三千多年历史的文化古城。神农氏、商成汤、老子、伍子胥、庄子、张良、花木兰、华佗、曹操……这些响亮的名字都与这块土地有关，随便拿出一个都可以有一个洋洋洒洒荡气回肠的故事可以诉说。

朋友热情相邀，带我们去看看亳州的文化古迹。初起，我一直听不明白他们用方言说的"三国揽胜宫"，到了那儿才知道，那里现在被称作"亳州博物馆"，是一幢仿汉城堡式建筑，原来称作三国揽胜宫，现在经过改建，典藏了更多的文物。入馆后，从涡河文明、商汤都亳、道源圣地、汉魏风骨、天下望州到亳商市井、近代和当代亳州，有太多的历史名人、历朝历代各式文物需要观赏、赞叹，我们目不暇接，并且嘘唏不已。陪同我们的亳州朋友已经无数次充当导游带外地朋友来此参观，因此在这些丰富灿烂的宝藏面前他已经无动于衷，看我们频频流连，踯躅不前，他只好一次次耐心催促，抓紧时间，还有下一站。因此只能算是走马观花。

下一站便是曹操地下运兵道，"不看不知道，一看吓一跳"，套用这句很俗的话配当时的心情还是蛮合适的。从地面一级级台阶俯拾而下，便进入了幽深狭长的地下暗道，我们穿着冬装，地道的宽度基本只够一个人单向通行，走了一段，地道的上檐突然变矮，称作为"障碍券"，不熟悉地形者就会不小心撞破脑袋，而且在这个"障碍券"里只能弓着身子走，长度有好几米。除了这个，还有分楼上楼下的双层道及直道一旁突然出现的一小段盲端，称作猫耳洞，整个地道纵横交错，布局奥妙，还有诸如积水池、通气孔、并行道、绊脚板等辅助结构。我们在里面上上下下起身弯腰地走了几百米，已然气喘吁吁，想象古时候的人还要身穿盔甲、腰佩兵器，在里面快速穿行，真是不简单，也有点纳闷，是不是那时候的人身材都比较瘦小呢？我们同去的几个人，都算是体形中等或偏瘦的，如果来个身材魁梧的或大腹便便的，估计就会卡在中间过不去了。这运兵道总长好几千米，贯穿古城的东西南北，四处都有出口，据说当年曹操就是利用这运兵道来设阵布局，虽然兵力很少，但在运兵道的每个出口均有士兵出入，导致敌军误认为城内有重兵驻扎。在那么久远、科技不发达的年代，能建造如此配套完备、规模宏大、设计巧妙的地下军事建筑，不由得为我们的古代文明、为先辈们的智慧而骄傲。

刀光剑影远去了、鼓角争鸣远去了，数千年来这片土地见证了怎样的沧桑变幻。灿烂的文明也让这块土地才人辈出，哲学思想、治国韬略、文治武功、医道仁术……如今，一切均已远去，但是，驱车行驶在城市的道路间，三曹路、魏武大道、建安路、木兰路、希夷大道、芍花路……单从这些道路的名字，就可以看出那些丰厚的历史永远是这个城市的骄傲。

车子在小巷子里转悠，会经常看到道路的一边出现个高大的院门，我总是万分好奇去探看院子里的景象，北方的院落明显别于江南庭院的小巧精致，它阔阔的、深深的，简简单单，没有繁复的装饰。这些院落有些是小的厂子一样的单位，有些是大杂院式道。在亳州这个地方，我心里总要蹦出个念头：也许随便挖一挖，就能发现一个千年的秘密。

亳州人的淳朴、热情、好客也给我留下深刻印象。这里的"古井贡酒"是亳州的一大名牌，"朋友来了有好酒"。菜的特点相较老家而言，味道偏油偏厚重，不适合我，但是有一点特让我欣喜，就是面食品类丰富，有各种各样好吃甘香的饼，对于我这个酷爱面食的人来说就是盛宴了。

当我的面食大餐还没享受够的时候，便要起身回程了。亳州，是我期望已久的中原之旅的第一站，收录进了记忆。回来后总是觉得有很多的话想说，如果不及时把它倾诉出来，我会有种愧疚之感。因此早早地写下题目："亳州印象"。源于我的懒散，至今已过了个把月，还未成形，趁着记忆还异常清晰，赶紧完成这份作业。仅凭两三天的表面探观，便企图妄言评价一个城市，无异于盲人摸象。亳州，在我的总体感觉中，它宛如一位大叔，粗犷淳朴、宽容热忱、面带沧桑、满腹故事、不拘小节、大智若愚……

2013 年 3 月

我的长江

"一条大河波浪宽，风吹稻花香两岸……"据说乔羽老师的这段歌词写的就是长江。

很幸运，我的家乡就在这条大河（长江）旁，从小就喜欢"临江"这个水灵灵的名字，长大后迷上宋词，知晓有个词牌名就唤作"临江仙"，便更为家乡有这么动听的名字而心生得意。依江而生、临江而长，喝的是长江水，吹的是江上风，奔腾不息、波澜壮阔的浪涛亦融进了我的性格，长江，在我的眼前，更在我的心里！

印象长江　险象可怖

最初听说长江，是在老一辈人的故事里，小时候住的是四合院，夏夜，老老少少一大家子人都在院中央的大场心上纳凉闲聊，我最爱听东厢屋里的盛家老爷爷讲过去的事。盛爷爷总是跟我们提起那年长江溃堤、洪水暴发的情景。那时候，长江只有一条土堤，有一个夏天，镇那边的堤坝出现缺口，洪水大肆冲进来，要把整个乡镇淹没，全乡的父老乡亲日夜不停地用沙石、泥土灌麻袋、草包去围堵长江溃堤，那真是拼了命了。可以想象，一旦洪水大面积冲进来，亲人、孩子、家园都会失去，老一辈人每每提起那段经历，总还是唏嘘不止。而在我幼小的心中，也埋下了对长江的恐惧。

青葱岁月　踏浪而歌

　　小学三年级，老师组织班会活动，是带我们去长江边野炊，一群小东西，根本不知野炊为何物，兴奋得很，现在想来很佩服那时候老师的勇气，带着一群小家伙出去要担很大的风险。那时候是步行，排着队，每人身上背点东西，锅、碗、菜、米、水等，要走上五六里地才到江边，有个女同学说她家就住在江堤的下面，我好为她担心，心想一旦洪水暴发她怎么逃得了。到了江边才知道我一直以来的担心是多余了，现在的江堤有内外两道，都很高很高，而且长江里有长长的石碉伸到远处的江面可以抵挡水流。老师为我们在两条堤坝的中间挑选了野炊的位置，没有风，便于生火，于是男孩子搬石头搭灶台，女孩子四处拣柴火，欢声笑语把江堤打扮得鲜亮活泼。只记得我们那组做的是面条，但是没煮熟，一点不好吃，后来还是到别的组去蹭饭吃的。

　　再长大一点，一个秋天，姐姐从南京回来，带我和两个弟弟去江边玩，江边到处是肆意生长的草木，我们忙着摘野花野果，两个弟弟则在沙滩上找螃蟹，两个小调皮还找了些干枯的芦苇秆子点火烧着玩，结果火不小心漫到了石碉上，烧着了上面的尼龙绳，拇指那般粗的绳子，是捕捞鳗鱼秧的人用来固定渔网的。这下完了，把人家绳子给烧着了，两个弟弟忙把火扑了，紧张得小脸通红，四下看看没人，姐姐赶快带着我们逃离现场。一路上心扑扑跳，回家后再想想，姐姐说反正他们捕捞鳗鱼本来就是非法行为，我们还是在除害救小鳗鱼呢，两个弟弟终于安心了。

　　中学时代，迷上了诗词，最喜爱苏轼的"大江东去，浪淘尽，千古风流人物。故垒西边，人道是，三国周郎赤壁。乱石穿空，惊涛拍岸，卷起千堆雪；江山如画，一时多少豪杰……"因为父亲搞水利，所以我经常有机会跟着去江边看他们测绘。看着滔滔江水滚滚东流，宽广无垠的江面上帆影点点，内心总是升腾起一股说不出的舒爽豪迈之气，觉得只有诗词最适合那种意境。

初二那年，我们班上一群好朋友约好了一起去江边野炊，事先开好讨论会，安排好各自带的器物和食品。这次比小时候那次可兴奋多了，回到家里就开始准备米，正好那天我姨妈在我家，看了我的忙活劲，就在一旁跟我妈说："小孩子，搞什么野炊，在家里做做饭不是一样的。"我妈在一旁好脾气地笑，当然是纵容我的。星期天的上午，队伍整合完毕，一队人马骑着自行车一路欢歌，因为车上都带着锅碗瓢盆，所以一路叮咚作响。以至于后来听到那首"叮叮当、叮叮当，铃儿响叮当……"我就会想起那天的情景。

到了江边，在堤岸外面找了个相对平整的空地安营扎寨，男孩子当然负担起体力活的重任，搬石头、搭灶台、挑水、拣柴火，我们女孩子负责洗米、切菜、下锅烧菜，带来的录音机里播放着流行音乐，大家忙得不亦乐乎。因为只搭了两个灶台，一个煮着饭，菜就只能一个个慢慢做，嬉闹忙乱中，锅里溢出的饭菜香气惹得我们食欲大开，都说这个饭怎么闻起来比家里的香多了。男孩子们都去拣柴火了，一群馋丫头终于没能抵制住美味的诱惑，不知道是谁建议的，我们先尝尝，马上得到众人应和。营地的旁边就是一个小芦苇荡，我们发现芦苇荡的中间有一个圆形的空地，就悄悄地把一锅鱼头汤端到了里面，几个丫头争先恐后地喝汤吃肉，哎呀，真是太鲜美了，你尝尝我喝喝，美得很，却听得外面男生在大声叫唤，一看锅里，惨了，已经所剩无几。怎么办？你推我搡地端着锅子出去，男孩子拿着勺子来锅里来捞东西，却发现只有汤和骨头了。只好惭愧地告诉他们，鱼头实在太鲜美了，本来是想尝尝的，哪知道一不小心就吃多了。这些可怜的男生，忙出一身汗，到头来好吃的没尝到，还不好意思跟我们女孩计较。不过，十几年过去了，聚会的时候他们还总要把我们偷吃鱼肉的糗事拿出来晒晒，陈年旧怨啊！感谢那群活泼可爱、善良纯朴的同窗好友，不会忘记那些天真烂漫充满欢笑的日子，不会忘记那段单纯真挚不掺杂质的友情。

风云突变　雷霆万钧

　　中学的最后一个学期考试结束，好友静说带我去她家玩，她家住在江边堤岸下的村庄里。欣然同意。中午放学，两辆自行车，我跟在她后面。在高堤上（南北向的，通向长江，右边是长江通向内陆的河道，左侧是往下落差很大的村庄）骑行，突然间，天就变脸了，乌云压阵，雷声滚滚，静喊着："快点骑，马上到了。"可是，静的喊声快不过雨声，如注大雨就这么突如其来，劈头盖脸地来了，根本无处躲闪，我的整个脸蛋、皮肤被雨点打得生疼、发麻。脑袋一片晕乱，静在前面说话我根本听不到。摸一把脸，看到静左转弯，冲下了堤岸，进入岸下的村子公路。

　　我还要向前，突然眼前眩光一闪，透过雨帘，我看到一道稍带弯曲的金红色粗线自天际向江面划下，霎时间，铅灰色的天空就在我眼前从上到下裂成了两半。此刻，高高的堤岸上，前不见去影，后没有来者，右侧是河，前面是江，我就处在最高点上，四下一片茫茫，只觉得宇宙洪荒，只剩下了我一个人！那种震撼此生难忘！我来不及反应，紧接着，一阵夹带着金属音的霹雳雷声震耳袭来，带着一种摧毁一切的势头，在隆隆的雷声里，我想我肯定是哭了，我的小胆被吓破了。但是谁也听不到我的哭声。闪电惊雷一个接一个，从江面上，从水天连接处滚滚而来。天地仿佛要被煮沸，我脑子剩下唯一一个念头，我是不是马上会倒下变成焦黑一片。该左转下堤了，却是更恐怖的过程，高高的岸堤往下是从没见过的陡坡，简直就是直直地往下，而大雨冲刷，使本就坑洼起伏的斜坡更是泥泞不堪，我骑在车上，以失去控制的速度往下冲，车龙头根本不听使唤，左、右、高、低——我拼命大喊大哭，但是雷声雨声掩盖一切，涕泪早已和雨水混成一片，那种无助恐惧的感觉难以表白，只觉得今天肯定要出大事了，不是死就是伤。命运已完全掌握在老天手中。万幸的是，我终于到了静的家里，擦干身子，毫发无伤。

沧海桑田　生生不息

离家远行的日子里，凭江临风、踏浪而歌只能无数次出现在思乡旧梦中。终于，在工作后的第一年，我又一次和同窗好友相约了一起去长江边追寻当年的足迹。说什么"物是人非"，我们却是见识了"人是物已非"。人依然是旧时友、不变情。天地却换了模样，当年站在堤岸上，就可以看到江涛拍岸，如今伫立岸边，眼前是层层叠绿的芦苇荡，无边无际地向江面方向延伸，密密的芦苇荡中有一条弯弯曲曲的烂泥小道通向远处，我坐在同学的摩托车上沿着这条小道去搜寻多年未亲近的江涛。摩托喘着粗气在崎岖小道上颠簸摇荡了好几分钟，才来到了真正的水岸。

如今我的女儿也已上了中学，家乡的长江又是一番大变样，不再有肆意生长的芦苇荡，而是成片被科学开发利用的滩涂，成了生机勃勃活力无限的热土、极富现代气息的科技创业园区，宽阔的道路、成片的绿化、林立的高楼，展现着创业者的气魄和豪情。

　　不过几十年，家乡的长江给我们演绎着真正的沧海桑田。大江东去，豪迈壮阔，在这片土地上，她昼夜奔腾，带来神奇、积蓄能量，为热爱她的儿女带来新的天地追逐新的梦想。

　　一方水土养一方人，长江——我们临江儿女的母亲河，勤劳智慧的人们把您变危为宝，世世代代享受着您宽厚无私的福泽。愿今后，您哺育的儿女能铭记感恩，真心去关爱您、呵护您，令您永葆健康和活力，滋养万物，生生不息！

2013 年

小虎奇遇记

夜凉如水秋风紧。晚上9点多，我接到女儿的信息说她搭乘回家的车已经进入城区。我兴冲冲地来到小区门口等，只穿着连衣裙，没穿袜子。这秋日的晚风来得有些猛，吹得树叶哗哗作响，地面不时有尘土被卷起。我一个人站在小区门口的路灯下，带着甜蜜的心情等待放假归来的女儿，长发被吹得满头乱舞，裙角不时被风卷起，寒意从四面八方侵入，我只好用双臂裹紧自己，然后在原地跺脚。这时候，我发现在不远处一辆汽车的阴影里，有一只小狗在注视着我。

它全身棕黄色，身长30厘米左右，瘦瘦的，大眼睛很圆很亮，它在观察着我，然后小心地靠近我，似乎觉得这孤单的路灯下，我们俩应该相依在一起。看到它靠近，我不由得紧张起来。原本我是特别喜欢狗的，但是最近我的同事和好友先后被小狗莫名其妙地咬伤后，我也有了心理阴影。暑假去我同学家，她家的小狗为了表示热情直接扑上来在我腿上留下了很多红红的爪痕。

想起这些，再看看此刻我裙子下裸露的双腿，我不敢再跺脚跳动了，怕任何动作会引发这小狗的好奇心。我小心翼翼地移动着脚步，想离它远一点，没想到它也跟过来，并且围在我脚边转圈，摇着它的小尾巴，抬着头，伸着舌头，用水汪汪的眼睛望着我。我的眼光赶紧收回，我不敢和它对视，想故意制造一种距离，让它知道我们俩没这么亲，不要有更亲昵的举动。

　　它在一次次地转圈、巴望、讨好后，发现我根本无动于衷，就开始自己找乐子去了。它盯上了一只空酸奶杯，酸奶杯很轻，被风吹着四处跑，它也就奔跳着、追玩着。不时有汽车和电瓶车从小区门口进来，它通常都会观望一下。我希望它跟着电瓶车上花花绿绿的东西跑远，但它没有，它都只是看一下，稍微跑一点，还是会回到我待的这块区域。

　　等了近二十分钟了，女儿还没到，小狗在我附近的花坛里玩耍，我突然有点心虚，我是不是以小人之心度君子之腹了？这小狗，它根本没有要咬我、抓我之心，只是想对我表示友好，我却一直怀着戒备之心。它那么可爱，又如此孤单，我为什么不对它好一点呢？但是，我身边又没有任何食物可以喂它。正想着，有一辆车在我身旁停下，车上坐的是表哥表嫂，他们和我住一个小区。看我独自站门口，就停下来询问，我告诉他们原因，然后还告诉他们有一只小狗一直在陪伴我，表哥马上感兴趣了，赶紧下车来看它。没想到小狗看到表哥召唤它，立马紧张地倒退，匍匐在地上，转着亮晶晶的眼睛左右打量着我们。刚才它和我是一对一，它很轻松自在，现在是一对三，面对我们三个逼近，它明显一副慌恐戒备的状态。表嫂拿了饼干给它吃，它开心地跳起来要吃，但马上又退得远远的。表哥蹲在地上一直在"啴啴啴"地亲切呼唤它，它弓着身子紧张地向前一步又后退两步。后来终于被表哥抓住了，它轻轻地"嗷"了两声就作罢，然后就是乖乖地在表哥怀里，一副很享受的样子。它应该是从来没有享受过这样的怀抱，第一次感受到这种亲热、温暖，还有主人的心跳，它安安静静，一声不吭，只用大眼睛看着我们，眼神纯净，没有紧张与惶恐，像个婴儿，让人心软又心疼。

　　它被表哥带回了家，表哥陪着它，跟它说话，帮它洗澡，给它取了几个名字，最后确定叫"小虎"。次日早上，它随表哥坐电梯下楼买早饭。排队买完早饭表哥找不到小虎了，以为是丢了。没想到，午饭后，发现小虎居然等在了电梯口。表哥连忙又心疼地把它带回家，并且带它出去打防疫针，买上了全部行头。于是，表嫂的镜头里出现了这样的画面：阳光下的花园里，帅气的侄儿带着小虎欢快地奔跑嬉戏。

番外：一只狗的述说

小虎

　　昨夜，我像做了一场梦。风很大，我被吹得头晕晕的。很晚的时候，我遇上了三个人，他们看上去像是好人，他们呼唤我，亲热地看着我笑，还给我饼干。但是我不知道他们是什么意思，我有点害怕。接着，我被抱入了一个怀抱，那个怀抱好温暖啊，我似乎回到了很小很小的时候，那时我和妈妈还有兄弟姐妹们挤在一起，很暖，很软，还有扑通扑通的心跳声。真舒服啊，好想一直这样待下去。后来，我随着怀抱的主人走了一段路，进入了一个很奇怪的箱子，呼呼地就往上跑了，主人在我耳边告诉我这叫电梯，以后我们会一直坐这个回家。晚上，主人帮我布置了一个家，在一个很暖和的纸盒子里我香甜地睡了一觉。对了，主人还帮我取了很多奇怪好笑的名字，最后说就叫小虎吧。早上，主人说带我去买早饭，我就跟他下楼去了，主人在一个很多人的地方一直待着不动，我觉得有点无聊。我看到一只小黑狗从那边跑过来了，它在追着一个什么东西，我也去看看吧，反正主人一直在这里。小黑狗真是调皮，和它玩起来我就忘了时间了。忽然想起了我的主人，等我追回去时已经找不到他了。怎么办？怎么办？我都要哭了，谁能告诉我主人在哪里？我还想找昨天晚上和主人在一起的另两个人，但是也找不到。对了，昨天主人说我看上去有股聪明相。那我就肯定是聪明的，我一定能找回主人。我拼命地想，回想那些路线、那些气味。找到了，我终于找到了那幢楼，那个电梯口。我就在这里等吧，主人一定会回来的。

有很多很多的人进来、出去，但我知道他们都不是，我的主人身上有好闻的气味，他说话的声音特别好听，老远我就能听出来。我等啊等啊，远处，小黑狗又出现了，但是我现在不想去找它玩了，我要守在这里。都怪我贪玩，不小心把主人给丢了。因为我以前从来没有过主人，我总是随心所欲，走哪是哪儿，没有人牵挂。今后，我再不会这样了，主人对我这么好，我一定要好好陪伴他们。所以不管多晚，我一定要等到他！

天哪，这真的是我的主人吗？他们终于回来啦，虽然我为了等他们，已经饿得肚子都瘪了。但是能看到他们我的快乐胜过一切。我扑向了他们，显然，我的主人也非常惊喜。他们把我带回家，给了我很多好吃的，又带我坐汽车出去打针。我第一次坐汽车，觉得好晕啊，一直想吐，下了车还是忍不住吐了，主人说我这是晕车。主人又给我买了好多东西，住的、吃的、穿的，什么都有。太阳出来了，天气真好，小主人说带我去花园散步，小主人穿着红色的衣服，高高的个子，帅帅的，我跟他一起在花园里跑步，我觉得好快乐啊。

我在草地上、树丛间奔跑，耳边似乎有风的歌唱。我的人生多么奇妙啊，昨夜，我在寒风里转悠，孤独无聊，今天我就有了温暖的家，有了特别善良慈爱的主人，我的生活突然间都是以前从没有见过和想过的。主人说，这叫作"遇见"。

这"遇见"真好，此刻，我也好想歌唱！

2017 年 10 月

假如我是一棵树

　　我向来是很喜欢"树"的，可却从来没有想过，假如我是一棵树，会喜欢什么样的生长环境，倒是今天和女儿的对话让我生出思考。

　　去年夏天，我买了棵树放家里，名字叫绿宝，浓密的叶子层层叠叠，绿油油的，生机蓬勃。买回家后，当宝贝一样养着，先生从网上找了绿宝养殖的注意事项，做成牌子挂在一旁。起初还好，叶子一直绿油油水嫩嫩的，后来天气渐渐冷了，叶片开始卷曲干瘪，有的叶边甚至焦黄了。我给它浇水、施肥、松土，把它搬到阳台太阳最好的地方。什么方法都用过了，却仍眼睁睁看着它一日日委顿，树叶干瘪掉落卷曲，失去了生机。

　　上个星期天，阳光明媚、春意盎然，我们决定把这棵可怜的绿宝送回大自然的怀抱，最后给它一次机会，把这盆树搬到楼下花园里，在花园最好的位置用铁锹挖一个大树坑，然后把绿宝从花盆里移出来种到树坑里，培上土、浇上水。三个人干得热火朝天，但是心情很舒畅。但愿这棵病入膏肓的绿宝能在新的环境里吸收阳光雨露、转危为安。

　　也就是在当天，安置好绿宝后，我们又去苗圃买了棵幸福树回来，这棵幸福树有着两根粗壮的树干，树干顶上分别是一簇簇嫩绿油亮的叶子，看上去生命力很旺盛。幸福树比绿宝高大，我觉得放在客厅一角更有层次感，家里又添了生机，心里很满意。

　　次日吃晚饭时，先生说起，他们同事家养的幸福树，到了冬天也不行了，不容易活。家里养树基本就是这种结局。我就随口接上去说，没关系，不好养活的话最多每年花三四百元买一棵新的。女儿突然说话了："妈妈，我觉得这样不好，你不会养树，没把握养活，还想每年买一棵，这是荼毒生灵。还不如让那些树长在大自然中。"女儿的话倒是让我愣住，孩子的心纯真无瑕，总是会从不同的角度看待事物。

我跟女儿说，树养在我们家里，我们全家都关心爱护她，把她当成家人，给她阳光、水分、营养，虽然可能她的生命短暂，但是她在生命过程中享受到爱与温暖。

女儿不同意，她说："假如我是一棵树，我宁愿自由自在地生长在大自然中，虽然要经受风吹雨打、严寒酷暑，但是大自然是精彩的，日升月落，还有鸟儿虫儿相伴。把根深深地往泥土深处扎，可以活很多很多年。"

是啊，女儿的说法很有道理，作为一棵树，生长在大自然中应该是最快乐的。但是即便是在自然环境中，它也像人一样会有各种各样的命运。有可能它会生长在风景如画的幽静山林，或者杨柳岸晓风残月的江南水乡，也有可能会是根部被水泥封闭固定，日日吸收尘埃与噪声，成为一棵满面尘土的行道树，或者可能生长在穷山恶水的荒凉山岗，稍稍长大便是被砍伐被杀戮……一棵树的命运可以有千百种。

让我记忆最深的一棵树便是电影《乱世佳人》的片头和片尾镜头，远处的天空，彩霞满天，层层铺卷，女主人公孤单的身影旁，是一棵树干粗壮、华盖满天，傲然挺立于天地间的大树，这样一棵树，经历风霜雨雪、吸收天地精华、见证人世沧桑，它宛若一个宽容慈爱的长者，带来力量、给你依靠，有它相伴，就会生出无边的勇气和希望。

假如我是一棵树，我会在哪里？会与谁相伴？

2013 年 3 月

西江月

添一把柴，煮一壶茶，剥一捧豆，摆几把椅，雨敲打窗棂，风捎来消息，据说故事已经开始……

心底有座宅

（1）

宽阔平整的大场地、青翠茂密的竹园子、清澈流淌的小河水、朝西屋里的孩子在哭闹、朝东屋里的姑娘在唱歌。我和星妹妹嬉闹着去长长的桥门头，路旁开着各色野花，蝴蝶纷飞，我们追着、扑着……

"咯咯……"笑着，呛了，我醒了。躺在床上，意识仍有些恍惚，多美的一个梦啊，怎么就醒了呢？可能是因为睡前看了微信文章"寻找海门老宅"，夜里做梦就回到了儿时的老宅。我们家老宅就是一处具有江海特色的"四汀宅沟"。一片高高的宅基地上，东南西北四排房子围成一个近"口"字的造型，中间一块大场地，四周都是河水环绕，宅子正南有一条小路自宅心伸出去穿过河水直通到外面的大横路，我们称之为"桥门头"。

宅子里住的都是同族的亲戚，我是辈分最小的。朝西屋里的两个孩子，一个比我大，被我喊作叔叔，另一个比我小，被我喊作姑姑。朝东屋里有七个闺女，我一律喊她们为"寄爷"（姑姑的意思），这七个闺女除了爹娘还有个瞎眼睛的奶奶，我喊她"瞎老太太"。我们家住的是院子北边的朝南屋，隔壁住着一个整天做手工的老妇人，我喊她老太太（太奶奶的意思），她是朝西屋里那两个孩子的亲奶奶，每天忙活着做各种彩色的纸寿衣，大人们称之为"得骨纸衣裳"。我奶奶和我小叔、姑姑住在院子南边的朝南屋里，旁边就是那条通往桥门头的小路。

从桥门头进来，我们的院子就是自成一体。自我有记忆起，全宅大大小小常住的有近 20 号人，但往往不止这个数，因为朝东屋里的 7 个闺女已经嫁出去 4 个，外嫁的闺女时常带着姑爷孩子回娘家来，院子里每天出出入入、热热闹闹。因此我即便是家里的独生女，但从小没感受过孤单寂寞。

我们的宅子位于村子的最北边。再往后就没有人家了，隔着大片的田地和另一个村连接。我们的宅子跟传统的"四汀宅沟"还有点不一样，是半开放式的。宅子外圈的南边、西边、北边的都是绕宅的小河沟，水边长着桃树、杨树、楝树、柿子树、合欢树等。唯有宅子东边的河水是用来供全宅人日常生活使用的，我们称她为"东民沟"，她相对比较宽阔，并且南北贯通，和长江水相连。河边是一条通南达北的小道，北面村子的人们通过这条路去往我们的镇上。虽然路面不怎么宽敞，但每日里自行车铃声不断。所以即便我们在村子的最深最里处，但是一点都不闭塞。

(2)

据说，朝东屋和朝西屋都有各自的弊病，一个是夏天太热，一个是冬天太冷。但是对小孩子来说，这一点不成问题。冬日的上午，我们最喜欢挤在朝东屋里晒太阳，她们家一大早就一屋子的暖阳。我还喜欢看朝东屋里的瞎老太太吃饭，冬天喝的是玉米粥，吃到最后，瞎老太太喜欢用一根食指在碗里四面一转，把粥碗刮得干干净净，然后把食指上的粥全部吃掉，一点都不浪费。

夏天，无疑是孩子们最喜欢的季节，大宅子里有各种欢乐。大场地的靠南端，也就是我奶奶家屋后有棵大桑树，树干要两个孩子才能合抱住，树冠更是亭亭如盖。一到夏天，宛如给我们的院子撑起了一把太阳伞，老人孩子们都在这伞下休息、玩耍。村里的孩子也爱到我们宅子来玩。男孩子们是必定要爬树的，坐在树丫上扣知了，神气活现。看女孩子们在树底下艳羡，爸爸就用绳子拴在枝丫上，做成简易的秋千，让孩子们轮流坐上去荡秋千。到了桑葚熟透的时候，妈妈在树底下铺上一张大油纸，拿一根长竹竿用劲往树冠上敲打，窸窸窣窣，大珠小珠齐落下，颗颗都是汁水饱满的大桑葚，孩子们扑在油纸上边拣边吃，又大又甜又干净，因为长得高没有苍蝇的叮咬，吃起来特别爽。不一会儿，个个成了满嘴黑紫的大花脸。

夏天在竹林子里玩也是件特别凉快开心的事儿。我们在竹林里玩过家家，在竹子上刻上图案标明地盘。你到我家来，我到你家去。一玩也能玩个半天。长大一点了，开始学会钓龙虾了，宅子一圈都是水，随便东南西北哪个河沟边一坐，总能钓上一小桶龙虾，够晚上吃一顿了。

夏夜的宅子是最热闹的。先是各家出来把门前的场地清扫一番。虽是泥土地，但我们的大院场地特别平整，一点都没有高低坑洼。用竹枝做的大扫帚来回扫几下，就都干干净净了。然后各家各户把桌凳全部搬到院子里，把饭菜摆上去，等地里干活的家人全部回家了，就开始吃晚饭了。这个时候孩子们是坐不住的，在饭碗里搁上几样小菜便开始各家各户"行饭碗"了，看看你们家吃什么，再看看他们家吃点啥。朝东屋里经常做"和米麦饭"，我特别喜欢吃这个饭，就用我们家的白米饭去换他们家的"和米麦饭"，然后用"茄子洋扁豆汁"一浇，好吃得打嘴。吃完晚饭，把桌子擦干净，便开始乘凉晚会了，大家躺桌上、凳上，摇着芭蕉扇，对着星空，开始讲各种八卦、吹牛，讲鬼怪故事。朝东屋的爷爷喜欢讲他小时候的故事，比如日本鬼子进村，在哪里设置了据点，八路军新四军怎么打鬼子。还有长江决堤洪水暴发，大家扛沙包堵缺口等惊心动魄的故事，我们听得很紧张。奶奶说她以前见过强盗，晚上来家里抢东西，为了安全，以前的宅子有吊桥（所以有"桥门头"这个叫法），晚上把吊桥收上来，强盗就进不来了。听了故事，我老梦见蒙着黑纱的强盗冲进家里来了。

　　大人们乘凉的时候有时还不闲着，拿出大大的盆啊匾啊，开始边闲话边剥玉米棒子。后来我们家最先有了电视机，一到晚上就把电视机从房间搬到堂屋里，一院子人坐在场心里边乘凉边看电视。这么多人看电视，七嘴八舌好生热闹，最常见的问话是："这是好人还是坏人？"正热烈讨论着呢，吧嗒，漆黑一片，停电了。抱怨着、叹息着继续躺着坐着闲聊，这个时候要是有芦穄，那正好畅畅快快吃上几根，不需要垃圾桶，随地吐随地扔，明早起来一扫便是。

（3）

　　大概在我上小学三四年级的时候，朝西屋的一家子在村子的南边另外择了地，盖了亮亮堂堂的三间朝南大瓦房。终于搬出这冬冷夏热的朝西屋了，一家子兴奋高兴之余又觉得舍不得这老宅，尤其是两个孩子，以后搬过去就冷清了，再回老宅来玩也是隔河过桥蛮远的一段路。住我们家隔壁的老太太也已过世，儿子把她的房子和朝西屋一并拆了。院子里一下子特别亮堂，也一下子觉得四面都是豁口，少了那种安全感。

　　朝东屋里的闺女也只剩下最小的那个未出嫁了，南边屋里我的姑姑和小叔也都结婚成家搬出去了，院子里房子稀疏了，人气也少了。我每日里喜欢去朝东屋里和七姑姑一起听广播。还记得那时候一直听"刑警803""滑稽王小毛"。每天晚上吃过晚饭，朝东屋的爷爷必定是要来我家坐坐的，一听门外"咳咳"两声，就知道爷爷来了，那时候不到睡觉家里的大门是不关的。

因为老房子又旧又小还一直漏雨，在我上初二的时候，我们家也准备搬出去盖新房了。这时候朝东屋里的闺女们已经全部出嫁了，就剩下老两口了，得知我们家要搬迁，老人和所有的女儿女婿都感到很遗憾和失落。我们一搬走，宅子里就剩下两个老人了，太冷清了，而老人们年纪也越来越大了，子女们都很不放心。我很想搬出去住高大清爽不漏雨的大房子，而且离村子里其他邻居也靠得近，热闹方便。我们的老宅已经越来越孤寂了，因为村子西边开了新马路，自我们家东民沟旁的小路来往的行人已经寥寥无几。路没人走了，也就杂草丛生越来越窄了，失却了往日的生气。到了漆黑的夜里，宅子里的冷清寂寥就让我觉得有点害怕，对新房子更充满了向往。但是父母对于搬离老宅有着很多的不舍，一则这里是他们结婚生子的地方，有着当年清贫日子里同甘共苦的诸多珍贵记忆。二则我们一走，就剩下朝东屋的老人了，似乎有种我们把老人遗弃了的愧疚感。但是，天下没有不散的宴席，年轻人总要适应时代的发展，追求新的生活。于是，我们也搬离了老宅。

后来，我去了外地上学，假期里回家，再去看老宅时，已是面目全非，朝东屋的爷爷奶奶搬到女儿家去住了。宅基上没有房子全都种满了庄稼，能落脚的只有田埂上的小路。原本我家屋后的那个小竹园也因没人打理而肆意蔓延，树木庄稼都郁郁葱葱的，但是失了规整。四周的河沟都瘦得没了形，河岸上长满杂草，河面上都被浮萍盖满，再不见往日的清澈灵动。

（4）

　　一座房子、一片土地也都跟人一样，被人需要、受人重视时可以掏心掏肺全情付出。一旦没人在乎自己了，成了被遗忘者，也就彻底放纵了起来，房子可以蛛网密布、积尘飞扬，土地可以杂草丛生、藤蔓缭绕。这片高高垒起的土地依然属于老宅，但是她曾经孕育的子女全都远走高飞离开了她，往日的那些欢乐、那些热闹她肯定都还记得吧，她把所有的眷恋、思念埋进了那些种子、根须，于是，所有的树木都是苍劲青翠，所有的庄稼都是蓬蓬勃勃，所有的竹子都是挺拔粗壮，清风吹过，枝叶窸窣轻响，似在倾诉土地的心事。即便她有着无限的追忆和不舍，但是她知道她的使命已经完成了。曾经在宅子上出生成长的孩子们都过上了好日子，她也算是功德圆满了。从此，就习惯于安安静静地与清风明月、阳光雨露作伴吧。哪一天，如果孩子们需要，她依然会敞开怀抱拥抱他们。

　　心理学家们在用各种方法印证童年经历对性格形成有多大的影响力。我们在时间逝去中成长，尽管童年渐远，但那些爱、那些欢乐、那些热气腾腾的日子，让我无论面对什么都底气十足，我知道，那是老宅赠予我的。

　　草木葳蕤，夏至未至，是该去看看老宅了。

2018 年 3 月

有人来买单

这天是白芷的生日，自从过了四十岁，她就已经记不清楚自己的年龄了。时光如梭，一个数字都还没记熟又蹦到了另一个数字，于是记忆开始混乱。不像小时候，一个数字要在嘴巴上念叨一整年，盼啊盼，终于等到过年才能换上新数字，因此对于自己的岁数总是熟稔于心。现在，怕岁数长得太快，对于生日，白芷也就不在意了。

白芷有个闺蜜群，由4个中学同学组成，她们性格不同，长相差异也蛮大，高矮胖瘦各具风采，但是感情特别铁。虽然如今大家在不同的行业、不同的岗位，甚至不同的城市，但是总也有说不完的话。

这天，南京的辛夷突然在群里说回老家来了，开心果苏花马上建议大家当晚就聚会，不许请假。最晚在群里发言的是百合，她平时工作特别忙，一般都不能及时回复信息，但这次百合回信时，带了点神秘气息，说："今晚我带蛋糕来。"还没等白芷反应过来，就被一向脑子转得快的苏花点破："哦，今天是咱们白芷生日啊。"辛夷高兴极了："看来我这是踩准鼓点回来了。"

晚上6点，四人在"花间汇"准时汇合，一如往常，一见面就是拥抱、热聊，体态、神情、语调中都透出热络，再加上蛋糕、鲜花、礼物，四个人瞬间吸引了半个餐厅的视线。餐厅的主色调是深咖色，灯光有点幽暗迷离，只在餐桌的正上方打上光，把菜品照出色味。白芷被簇拥着坐到餐桌C位，苏花请服务员播放生日歌，辛夷和百合摆饰着轻巧雅致的小蛋糕，上面是五角星形的蜡烛，白芷拿出送给姐妹们的小礼物。当然最少不了的就是拍照。

在她们忙碌笑闹的当间，白芷用眼睛余光瞄到隔壁桌上两个男人一直在偷偷地观察她们，有时候还看到他们把头凑到桌子中间，脸向着他们，在低声交流。白芷心想，这两人肯定是在笑话这帮中年女人的矫情，都这么大年纪了，还玩小女生的浪漫套路。没关系，这帮闺蜜已习惯了被人观察评论。白芷本是个喜静之人，但只要跟这三个老同学在一起，便瞬间来个乾坤大挪移，仿佛又回到了十五六岁的青春少女时代，嘻嘻哈哈，率真随性，处于一种完全放松的状态。

她们四个一边吃美食，一边天南海北地聊天，网络热搜、IT行业、字节跳动、故宫博物院、郑渊洁、奇葩说……她们已经习惯了从一个话题跳到另一个话题，不需要任何衔接，反正都能接上，都能聊得开来。

正热热乎乎地聊着吃着，忽然间，餐桌旁来了个男士，热络地跟她们打招呼："各位女士，你们好！"热聊状态的四姐妹立即停了下来，都看向这个陌生男子。男子四十出头的样子，中等身材，稍有发福，声音洪亮，手里拿着买单的发票。四姐妹面面相觑，用眼神在相互询问是否有人认识他，随即又从眼神中明白这是个陌生人。只听他说："刚才去结账，听到你们的聊天内容，觉得你们这几位女士都不一般，非常有见识有思想。"听到这里，四个人又对了一下眼神，从相互的表情中发现她们对这个夸奖都很受用。白芷也想起来了，他就是刚才坐在邻桌一直关注她们的人。他说的"买单"，手里还拿着发票，不会替我们买单了吧？白芷被自己这个突然冒出来的想法吓了一跳。居然有点心跳加速，还有这等奇遇吗？

陌生男人又说："我先介绍一下自己，我是江山中学的老师。"大家一阵点头，江山中学，那可是名校。"不过，我已经离开了。你们之中是不是也有老师？我看你们的气质，听你们的谈吐，觉得应该是老师。""我们，是有老师。你眼光不错。"爽快的苏花接上了话题。"是啊，你们的话题范围很广，内容很有深度。一群有智慧的女子。"白芷看到苏花的脸已经笑开了花。辛夷也在抿着嘴微笑。看来，被人夸赞总是开心的事儿，尤其是女到中年时，皮肤丢失了胶原蛋白，身材不再轻盈灵动，秀发里开始夹杂丝丝银色。这种状态还能吸引陌生男子过来搭讪，是魅力的彰显还是智慧的力量？

百合说："谢谢你的关心，你过奖了，请问老师是教什么的?""我是教英语的。各位女士，如果不介意的话，我能加一下你们的微信吗？大家认识一下，交个朋友，看你们都是素质很不错的。"被他这样一口一个夸，又是很真诚的交朋友的态度，拒绝的话她们没人说得出口说。她们经常在一起聚会旅行，这种情况倒是第一次遇见，饶是她们有了一定的社会阅历，忽然间碰到陌生男子来搭讪要联系方式，一下子有点尴尬。还是苏花爽快，拿出手机，把微信二维码伸到了灯光下，隔着几十厘米远的距离，"嘀"的一声，微信加好了。那人还是不罢休的样子："还有几位一起加一下吧？"百合和辛夷也不情不愿地拿出了手机。苏花忽然大声来一句："你一开始过来说买单时候，看你手里还拿着单子，我以为你帮我们买单了，非常激动呢。"百合扑哧一下笑了，并附和："是啊是啊。"白芷心里暗道，原来不止我一个人这么想啊。不过，真要是对方帮我们买了单，那这份情该怎么还啊？辛夷低着头在窃笑，在桌子底下踢了白芷的脚。那是四人的默契，她们都在心里讨论了一遍。那人倒有本事宠辱不惊，笑着说："买单这个事儿完全可以有，只不过今天是第一次认识，而且又是你们的生日宴，恐有不便。反正现在微信都加了，以后有的是机会。"又冲着白芷说："来，为了下次买单，你的微信也让我加一下吧。"白芷被他说得不好意思，只好悻悻地拿出手机，加了个微信。

所有微信都加好了，大家也都松了口气，似乎一瞬间熟稔起来。那人滔滔不绝介绍起自己的事业来，他是做教育培训的，主要是少儿英语培训和出国留学中介。"现在加了微信，以后方便的话，各位老师有机会多多推荐学生，多多合作交流。"

哦，原来如此！突然而来的沉默使刚才灼热的温度骤然间下降。场域，真是个神奇的词呢。陌生男子显然也感觉到了这种微妙的变化，他表示出于礼貌不便继续打扰她们朋友聚会，称以后有时间邀请她们去他的公司做客。

匆匆地，他带着邻桌的另一个男子离开了。

四姐妹拿着手机面面相觑，憋了一阵，不约而同笑出了声。

2021 年 1 月

该不该见你

当所有的亲人都感到，我逐日的苍老，当所有的朋友都看到，我发上的风霜。我如何舍得与你重逢，当只有在你心中仍深藏着的我的青春，还正如水般澄澈、山般葱茏。

——席慕蓉

日子像是被一个上课不专心却使劲乱翻书的孩子般匆忙又杂乱地急急翻过，就这么恍惚间，瑞退休了。再也不需要争分夺秒地赶着上下班了，她成了个完完全全的家庭主妇，每日里菜市场、厨房间转，洗刷、晾晒、整理，似乎总有干不完的活。她记不清有多长时间没去商场买衣服、去发廊做头发了，反正不上班了，穿了新衣服、做了新发型也没人看，去个菜市场没必要打扮得那么光鲜。

一个晴朗的秋日早晨，送走了匆匆吃完早饭赶着上班的先生和儿子，瑞正忙着收拾厨房，心想着等下要把两床被子拿出去晒一下。手机在这个时候响起，来电显示是个陌生的号码，瑞疑惑地接起电话轻声"喂"了一下后，对方却是没声音，瑞把贴在耳边的手机拿下，再看了下号码，心想"奇怪，怎么回事儿，打错了？"正准备挂断时，手机里却传出了声音，瑞赶忙又把手机贴耳边，"是，是小瑞吗？"是个低低的男声，小心翼翼的样子，瑞的心突地重重跳了下，"小瑞"，那是多久前她被这样唤着的？小时候父母一直这样唤她，后来父母老了就开始直接唤她"女儿"了，再后来父母都过世了，便再没人这样喊她了。会是谁呢？老家的乡亲？远方的亲戚？她纳闷间回了声"嗯"。"小瑞，真的是你吗？"对方的声音忽然变得急切而响亮，听上去还带着点哭腔。"我是，请问您是哪位？""小瑞，你的声音怎么变成这样沙哑了？我是陈顶松，你还记得吗？"瑞被这突如其来的问候和这亲切久违的称呼搞得头晕晕的，"陈顶松"，她在脑海里使劲搜寻这个信号，"是不是小陈医生？"她有点想起来了，"对对对！小瑞，你还记得！我真是太高兴了！这么多年我一直在想办法找你，今天终于联系上了！我，我太高兴了！"对方的声音听上去在哽咽。瑞也不知道说什么好，电话里一片沉默。过了半分钟，对方传来话音："小瑞，联系上了就好！你过得好不好？三十多年没见了，我们一定要聚一聚！"对方的情绪相当激动，三十多年前的老友联系上了，瑞也被传染上了这份情绪，大略地讲了下自己的近况，就这么问问答答，手机都开始发烫了，瑞建议下次再聊，对方很不尽兴地答应了，最后说会尽快赶来见见瑞。

放下电话，瑞突然没了做家务的心思，坐在阳台的藤椅上发呆，慢慢地，三十多年前的那些青春岁月都回到眼前来了。那时候，她随父母住在 X 城的部队大院里，她卫校毕业进了当地的一家医院当检验师，那年和她一起毕业分进医院的有一大批年轻人，分别在不同的科室工作，但是下班后大家都住在集体宿舍一起吃饭一起学习一起娱乐，医院的团委和工会经常组织各类文娱活动，这群年轻人都是活跃分子，编话剧、排大合唱，女孩子跳舞，男孩子吹笛子拉二胡，业余生活色彩斑斓，瑞是其中年纪最小的，她又比较活泼开朗，喜爱文艺，蹦蹦跳跳的，他们都把她当小妹妹看待。陈顶松那时候是名牌医科大学的毕业生，在外科工作，性格比较稳重淳朴。那时候大家都是外地人，只有瑞的父母在本地，所以礼拜天瑞会带着大伙儿上父母家里打打牙祭，妈妈会做上一大桌好吃的来给大家"加油"。妈妈那时候是比较喜欢陈顶松的，觉得他踏实厚道，一看就是靠得住的，所以妈妈总是"小陈医生、小陈医生"地喊。瑞不懂这些，她喜欢新鲜、对一切事物充满好奇。这一群人中小徐医生是最有吸引力的，长得不算非常英俊但也是挺拔硬朗，他活跃、热情、幽默，会写文章，会主持节目，很容易就成了人群的中心。在他的光芒覆盖下，小陈医生就像是个默默无闻的小石头。可以说瑞把更多的注意力投在了小徐医生那边。那个年代的人比较内敛含蓄，这么十几个小青年一起工作一起玩乐，男男女女，倒像是兄弟姐妹，即便有人心中有别样情愫，也不好意思表白了，担心破坏了这和谐的群体气氛。

只可惜这样美好快乐的日子不能一直拥有，瑞工作还不到一年，父亲因部队转业要回老家了，父母亲是不舍得把她独自留在X城的，于是，即便万般不舍，亦只能是跟大家无奈告别了，最后一晚聚餐，几个小姐妹哭得稀里哗啦的，小徐医生吹箫一曲，还有的人拉着瑞的手说了很多很多的话，从来不喝酒的小陈医生只开场一会儿便喝醉了伏在桌上睡着了，告别时都没跟瑞说上话。

那段时光啊，怎能忘记？单纯、无忧，有的只是活力和热情。瑞随父母回到老家H城后，认识了现在的先生，结婚生子后因为先生的工作变迁又来到了R城，生活中遭遇了各种各样的艰辛和磨难，几经辗转，并且忙碌于应付日常生活的烦琐，跟以前的那帮朋友渐渐地都疏远了，刚开始还有联系，后来各自结婚生子、深造上学、提拔转行，不同的生活轨迹，各有各的喜怒哀乐。不知道什么时候开始就失去了远方的消息。这个陈顶松，不知用什么方法居然找到了她。

一个星期后，瑞又接到电话，陈顶松来到了她的 R 城，约了一起聚聚。要跟三十多年前的老友相聚了，瑞既兴奋又慌张，老朋友的心目中还是青春年少的她，而如今，对着镜子端详，才发现自己竟然已经这么老了：两鬓的头发已开始花白，眼角有了深深的鱼尾纹，两颊上点点片片的黄褐斑，嘴角开始松弛下垂。再往下看，腰肢早已不再纤细，身体已开始发福。哎，只能感叹，岁月不饶人啊！

瑞怀着一颗忐忑的心来到咖啡馆，正准备拿起手机给陈拨电话，从门口左边的座位上站起了一位中年男子，头顶半秃、戴着金丝边眼镜，中等个子稍稍偏胖，穿着西装，腹部隆起啤酒肚，他的眼神热切地与瑞对视，脸上带着欣喜，"是小瑞吧?"瑞先是一迟疑，而后快步走上前，伸出手便被对方的双手紧紧相握，"小瑞！终于见到你了!""你好！小陈医生!""什么小陈医生，都老头子了，喊我名字吧。""那好吧，就喊老陈吧。这么多年没联系，你是怎么找到我的?""小瑞，那真是说来话长，可以说是找你找得好苦，我找了二十多年了，追问了很多的人，终于有个以前的同事看我诚心就发动了她的同学关系，绕了很大的圈才有了你的电话号码。要到了电话号码，我却不敢打了，鼓足了勇气才拨通了电话，就是那天，听到了你的声音我简直不敢相信是真的。真的找到了你！可是，小瑞，你的声音为什么变成了这样，我记得你原来的声音真的像银铃般清脆。"瑞看到，陈在说这话的时候仿佛是陶醉在过去的情境中，显然，瑞如今低沉沙哑的声音让陈失望了，瑞告诉陈，很多年前她做了个声带息肉的手术，之后就变成了这种声音。陈又跟她谈起了很多过去的事儿，那时候，瑞做过的事儿、说过的话，瑞自己都忘记了，可是陈却一一数来，仿佛这些就发生在昨天，原来那个时候，陈一直在默默地关注着瑞，只是不敢表白，瑞那么清纯、可爱、率真，那么小，单纯得不谙世事，陈不敢靠近，只是远远地关注、默默地守候。看着她离去也无能为力，只能借酒消愁、烂醉如泥。可是，多年后，他发现他的心田早已被她深深扎根，再无人能替代，找不到她，他就把全部心力用在了工作中，这些年也在专业领域小有成绩，迫于家庭的压力，他娶了妻、生了子，家庭生活平平常常。可是在他心中一直有个结，他要找到小瑞，告诉她这么多年始终有人在牵挂她、祝福她。他只要闭上眼睛，就能看到小瑞在那里唱歌、跳舞，在那里尽情欢笑，歌声笑声如银铃般婉转清脆。

"小瑞，我给你看样东西。"陈从胸口掏出皮夹，里面有两张四寸大小的黑白照片，照片上的小姑娘乌黑的头发，两条小辫刚刚垂肩，前额是一排略略卷曲的刘海，黑亮的双眸、小巧的鼻子、尖尖的下巴，两颊的酒窝若隐若现，抿着嘴微笑着注视前方，一副俏皮甜美的样子；另一张是戴着帽子、穿着军装，别是一番英姿飒爽的感觉。"仔细看看，这是谁？"天哪！瑞差点叫起来，居然是她，是瑞年轻时候的照片。可是，瑞自己都不知道有这两张照片。那时候，那群朋友里是有个会拍照的，有时候大家赶着热闹一起照相。照片是要等胶卷拍完全部洗出来才能拿到，运气不好的话会胶卷曝光洗不出照片。大概就是那时候陈偷偷藏下了这两张照片。仔细看着这两张照片，瑞眼眶湿润，"那个真的是我吗？我有那么漂亮吗？""那就是你，那个时候你比照片上的还要可爱动人。"

可是，时光真是个魔术师，那些人那些事儿宛如一下子被变没了。瑞调整了情绪，转而和陈聊起现在的工作、生活。双方都说了很多，瑞发现，这么多年不同的生活经历、不同的地域、不同的性格，他们俩对很多的事物有不同的看法和理解。陈也从最初的兴奋激动转而变得平静温和。

夜幕降临了，咖啡早已冷却，两个人起身告别，瑞对陈说：

"我有一个要求，不知你能不能满足我？你能把那两张照片送给我吗？我想留作纪念，好怀念那段时光。"陈犹豫了会儿吧，把照片取了出来，郑重地放到了瑞的手中，"我保留了这么多年，现在也算是物归原主吧。"握手告别，互道珍重，一个向左，一个向右。

瑞转身，看到秋风中陈的背影，走路的姿势有些微微左右摇摆，说不上是那是沉重还是轻松。

瑞想，他终于见到她了，也终于在心里把她放下了。这么多年，他真正固守和眷恋的只是他心中的一个梦，不是她这个人，而是那段岁月，是那段时光中他的青葱年华和炙热真情。

今生将不再见你，只为，再见的，已不是你。心中的你已永不再现，再现的，只是些沧桑的日月和流年。

2012 年 11 月

两个好人为何没法好好过一生

　　《我本芬芳》是年过八旬的传奇作家杨本芬老人讲述自己 60 年婚姻故事的文学作品，在翻读之前，我已经听说了一句评价："明明两个人都是好人，却不能在一起过好这一生。"

　　书中讲述了一个叫惠才的女子，因为家庭出身被迫退学下放，在没有后路的情况下嫁给了一个叫吕的医生，生了 3 个孩子。夫妻相伴走过了几十年，经历了无数艰难。生命的最后一程，吕快 88 岁了，惠才问他："总有一天我们会分道扬镳，再不相聚。假如真的有下辈子，你还愿意和我在一起吗？"

　　吕摇了摇头。惠才不甘心，也不愿意相信，她一再追问，吕终于亲口说出"不愿意。"三个字说得极其清楚。笑容从惠才脸上瞬间飞走。

　　我为惠才流下了眼泪。60 年的婚姻，他们历经磨难，不离不弃，却始终没能获得幸福。悲惨孤独的人更宜相爱，他们本该相爱的，不是父母包办，没有外界干预，而且也有一个美好的开端，那么，是哪里的问题？

　　"她有她的伤痛，他有他的伤痛。"总之，相伴 60 年，这两个外人眼里的好人在他们的婚姻中都没有得到满足。我想从两个人的人格类型和需求来说说。

　　惠才可能是外倾情感型的，喜好交流、互动，渴望亲密关系，对家庭有依恋。这种类型的女人通常会是贤妻良母，所以即便丈夫跟亲生父母断了关系，惠才想尽办法也要独自去看望吕的父母亲人。在亲密关系中，惠才需要的是被看见、被体贴，需要夫妻间的深度沟通，哪怕是吵架时的对骂，最起码也能让她感觉不是一个人在生活。但是吕的回应方式通常就是走人，或者拉着脸不说话冷战，这让惠才觉得异常孤独、无助、甚至绝望。

吕医生可能是内倾情感型，他有自己的内心世界，与外界有疏离感，吝于情感流露，在婚姻关系中显出一种残酷的冷漠。从发展心理学的角度讲，吕医生童年经历了创伤，安全感缺失，所以他对亲密关系是有戒备的，害怕自己投入了太多感情，最终又遭到抛弃，不惜选择屏蔽、远离。他对同事不错，对穷困的老乡倾囊相助，却对妻子冷漠，不愿意跟妻子有深度的交流，也不愿意去看望自己的亲生父母，因为他们当年抛弃了他。他对家人的爱又比较敏感，比如惠才结扎了，请母亲过来照料，吕跟丈母娘吵了起来，原因是丈母娘做了鸡汤没有喊他吃，他就生气了，真实地展现了一个受伤的内在小孩，他会渴望从长辈处寻求关注、照护。

吕是敏感的，生活中他有一些疑虑不直接和妻子说，而是自己揣测，生闷气，做出一些举动让妻子难以理解。他有肺结核，需要休养不能干重活，但是婚后不告诉惠才为什么不帮她干活，只说"保命要紧"，令惠才不解又心寒。但这些明明是可以坦诚地跟妻子说出来的，很多的误会和伤痛就不会发生。

也许就是因为吕很早就成了孤儿，没有人教育引导，对现实生活，他缺少应对的技巧和方法。自从惠才结扎的吃鸡纷争后，吕害怕惠才带着孩子回娘家，就变得小心翼翼，不敢正眼看惠才，悄悄地帮着惠才做家务搭搭下手，然而惠才憋着一肚子委屈和愤怒，她形容这种感觉是仿佛浓重的乌云般久久无法消散，又似有万重山压得她透不过气，彻骨的冰寒和猛烈的怒火交织在心头，她气愤，她恼火。只要有机会，惠才就忍不住数落他，从夏天到秋天，绵绵不断。吕终于忍受不住了，一连四天没回家。

读到这里，也看到了吕在夫妻关系里的艰难，面对妻子喋喋不休的诉说和委屈，他不知道怎么处理，甚至劝慰也不会。其实女性很多时候需要的就是陪伴，说几句体贴的暖心话，做一些亲密的肢体动作表达关心，但是他不会。

他们都是好人，对周围的邻居乡亲、同事甚至是小动物都热心、善良，唯独与最亲密的爱人始终无法相融。一个极度需要，一个极度匮乏。两个完全不同类型的人，有各自的心灵创伤，未曾坦诚地沟通，不懂得自我觉察，没有被对方真正地看见。虽然相伴 60 年白头到老，但终究是意难平。

文章最后说："但现在，一切都来不及了。"是啊，对于男女主人公，一生的创伤没有机会再来疗愈。

但是，年轻的人们，一切还来得及。

2022 年 5 月 15 日

爱的能量

听说姑姑病了，双侧膝关节滑膜炎，下肢活动受限，生活都不能完全自理。得知这个信息后，全家都急坏了。要知道，姑姑今年 60 多岁，姑父比她大两岁，因为姑父有先天性的支气管哮喘症，从小就体弱多病，因此，结婚后，家里大大小小的活儿都是姑姑一手操持，姑姑不但长得漂亮，还吃苦耐劳，干起活来手脚麻利，又快又好。这么多年，她把姑父和小表妹都照顾得妥妥帖帖，基本都是一人承包了家里的活儿。每年冬春季节，姑父的气管炎经常要发病，姑姑还要照顾他上医院，配药治疗，奔波操劳。

如今，姑姑病倒了，不能走路了，家里的顶梁柱不能支撑了，难以想象该怎样乱了套。因为姑父的工作关系，很多年前，他们就举家搬至上海，身边也没有亲戚照顾。因此，我们一心牵挂着姑姑，趁着春节长假就赶去上海看望姑姑一家。

没想到的是，到了姑姑家的所见让我们大感意外。一向体弱多病的姑夫现在精神矍铄，忙前忙后地招待我们，处处贴心地照顾着姑姑，跟我们记忆里的姑父判若两人。姑姑说现在家里都是姑父在做事，女儿在外工作，不常回家，上街买菜做饭洗衣、去医院配药在家煎煮中药这些事儿现在都是瘦弱的姑父在做。言谈间姑姑满心愧疚，觉得让姑父受累了。姑父倒是爽朗地笑："倒也真是奇怪，以前我什么都不做，全靠你姑妈照顾，还经常头疼脑热的。现在她身体不好，我反而身体结实了，就是家里的活儿干起来比较慢，你姑姑看着觉得心急，觉得我干活不顺眼，时常要说两句。"

看到姑姑姑父相互照顾互相依靠，感情比年轻时还好，我们全家都放心了，大家在一起聊天也说起这种现象：一个家庭里，往往一方特别能干就导致另一方习惯当甩手掌柜，偶尔做点事儿，还要被能干的那方看不惯，指责批评，时间一长，模式也就形成了，其实每个人都有潜能，家里的事情有人做时能懒则懒，但当没有后路时，潜能也就能被充分激发，表现出来的能量也许令自己和家人都震惊。

"我的懒惰只是因为被你宠坏。"有人宠当然是一种幸福，但也意味着另一方在超负荷地付出。在家庭里，夫妻之间还是应该互相体贴互相照顾，能干的一方不要用过高的标准来要求对方，更多的是去包容、欣赏、鼓励；另一方也要多体谅对方的辛苦和付出，多学习多参与，共同分担家务。

"你耕田来我织布，我挑水来你浇园。"这是清贫年代夫妻恩爱的默契和温暖。如今，现代化的生活，夫妻双方在职场上承受各自的压力，回归家庭，更需要的是一份双方的理解和关心。少打一些电脑游戏、少低头玩手机，多匀一点时间和爱人一起烧个小菜、做个点心，种盆花草、装扮家居，陪伴孩子，亲子阅读。共同分担家务亦一起娱乐休闲，散散步、听听音乐，看看电影，聊聊心情。

我的懒惰只是因为被你宠坏。你可以继续宠我，但我愿意放弃懒惰，因为爱，更需要一份责任和担当。

2016 年 10 月

微信运动里的秘密

上月初的一个周日，和好友小晴在一起喝茶，听着音乐聊着天，我却发现她不时点开手机查看微信运动，我就忍不住八卦："我们现在这样坐着，又不在跑步，你老查看微信运动干什么？"

小晴抬头看我，脸上瞬间两颊泛红，眼神里都是羞怯。"哎哟，这表情不对啊，肯定有情况，从实招来。""姐，我告诉你个秘密，可你千万别笑话我。"小晴这欲述还休的样子实在是令人怜惜，"好好好，绝对不笑话，赶紧说说。"

"上个月，我在一次活动中遇见了一个男子，起初只是闲聊，后来发现聊得很投缘，他主动跟我加了微信。之后，他偶尔会问候我，闲聊几句，起初我没怎么在乎，后来有一次我在微信翻看了他的相册，对他有了更全面的了解，就被他的博学、风趣、敬业所打动。我每天都想看他的朋友圈，但是他应该工作很忙，难得发一个，有时候是转载加上自己的评述，有时候是一两张图片加上几句话。我发现我找到了恋爱的感觉，想到他就会心跳加快，如果他有微信过来，会激动万分，巴望着和他多聊几句。"

"那太好了，赶紧再跟我说说那小伙子。"我一下子也兴奋了，晴是个优秀的好女孩，心气也比较高，这么多年没有等到那个对的人，如今终于遇见了心动男生，真希望她赶紧抓住幸福。"可是，我感觉他还是原来的节奏，没有表露出对我很动心的样子。聊天的时候，收尾的一般都是我。这也让我觉得蛮失落的。

但我也知道他工作很忙，有很多的活动、会议等，看他以前的朋友圈就知道他现在所拥有的一切都不容易，都是他一手打拼出来的，压力一直很大，所以我也不想过多地打扰他。"小晴喝了口水，似乎鼓了鼓勇气，又接着说，"想知道他的情况，又不想一直打扰他惹他讨厌，后来我找到了一个方法，就是在微信运动中观察他，把他列为重点关注的对象置顶。每天定时观察他的运动步数，我能找出一些他生活的基本节奏，比如早上几点起床，晚上几点休息。有空时就在微信运动里观察他，记下他当前的步数，要是一两个小时内步数没有变化，那他可能就是在会议或是上课。要是哪天他到晚上十一二点步数还一直在增加，那可能是他在出差。"

我听得目瞪口呆，"傻丫头，你居然想出这种方式爱一个人，他知道吗？""他应该不会知道，我也不想让他知道。以前一直嘲笑那些被爱情冲昏头脑的女孩，还不相信那句话'恋爱中的女人都是傻瓜'。姐，你是不是觉得我很可笑？我既想保留我的尊严，不去缠着他乞讨他的感情，在表面上让他感觉我也不是怎么在乎他。但私底下又忍不住时时刻刻想念他，于是就在这个微信运动里找到一点安慰。现在倒也变成了一种生活习惯。感觉自己像个侦探。"小晴说完还冲我伸了个舌头，特别可爱。

我也乐了，"所谓大众创业、万众创新，丫头你的爱情也是在走创新之路啊。""姐，你别笑我，我这也是无奈之举，张爱玲说过，喜欢一个人会低到尘埃里，然后开出花来。还果真如此啊！不过，姐，我现在已经调整得蛮好了，从之前的忐忑焦虑到现在的内心安安静静地关注他、陪伴他，我觉得现在这样也挺有趣。看缘分吧，我不想急吼吼地吓着他，毕竟恋爱谈不成做朋友也不错。如果哪一天他来牵我的手，那我就跟他走。"

于是，小晴每天在微信运动里关注着他的行动踪迹，同时，她也每天神采奕奕地上班工作，下班后统筹安排时间学习英语、看书健身，揣着自己的秘密很充实地过每一天。

昨天，从小晴那儿听获一个好消息，那个微信运动里的男生主动向小晴发出了爱的信号，小晴的声音里都是甜蜜。祝福小晴，在爱情里，她是个矜持的女子，相对于爱情，她更看重自尊自爱；在爱情里，她也是个有节制的女子，知道该怎样收放调节，她理解的爱是关心、是陪伴，是努力提升自己，跟上对方的脚步，欣赏同一高度的风景。

2017 年 3 月

医生目睹的爱情

　　文艺片里，爱情是各种缠绵悱恻、柔肠百结；娱乐圈中，爱情是各种炫秀分合、扑朔迷离。爱情，在每个人的心中都有不同的期许，有的喜欢一见钟情讲感觉，有的注重外貌讲登对，有的喜欢诗意浪漫讲情调。有的渴望烈焰浓情，有的倾心细水长流。

　　这里，很想说说在医生的眼里，爱情是什么模样。

　　年过五旬的外科主任说，他印象最深的是这样一对夫妻：四十出头，男的长得高大魁伟，一副硬汉模样，说话也是粗声大气，女的文静柔弱，是来医院检查身体的，主任怀疑是乳腺肿瘤让她先做影像检查，之后，男的带着片子单独来找主任，主任回答他肿瘤确诊。那一刻，粗粗糙糙的大男人瞬间流下两行眼泪，喉咙里挤出一句闷声："我们怎么这么倒霉！"拳头用力在墙上砸了一下。经过和主任的一番交谈后，他平静了情绪，出门后主任看到他搂着老婆轻声低语，脸上微笑着摆出一副放松的表情。主任说，那个壮实的大男人瞬间两行热泪的真情流露让他很是感动。

　　医生的眼里可以看到这样的温情暖意，也可以看到各种冷漠和疏离。来门诊就医的小严才不到三十岁，皮肤白皙五官端正，身旁陪伴的老公也是挺拔英俊。在整个就医过程中，挂号、候诊、就诊、等候 B 超检查……所有的时间段，英俊的老公始终陪伴着小严，但是他们之间也始终保持着近 1 米的距离，很少对话，男人英俊的脸上是僵硬的表情，写着"不耐烦"。他是为了陪伴而陪伴。

外地媳妇小高是四川人，当年老公在她的家乡打工，两人相识相爱，小高不顾家人的反对毅然跟随爱人来到了海门。结了婚生了孩子，她在这里一边打工一边照顾孩子和公婆，老公在外面打拼。近两年婚姻出现了状况，老公在外面有了新欢要回来和她离婚，她在感情的折磨下身体支撑不下得了病，要在医院做个小手术，两人约好等她术后身体恢复就离婚，然后她带着孩子回老家。于是在病房里，医护人员就经常看到这样的场景：安静无声，一个躺在病床上红着眼睛流泪或者发呆，一个站在窗前抽烟或者紧锁眉头看着窗外。医生护士有时候看不下去了，命令她老公到床边来照顾她，但是即便靠近了，也是说不出的别扭。

去年冬天骨科病房住着一位 70 多岁的胖老太，摔跤导致腰椎骨折，一旁照料的老伴特别清瘦、满脸皱纹，老两口时常为了老太逞能爬高摔跤的问题争辩，像两个孩子，医护人员就充当他们的和事佬。但更多的时候，医生们看到老先生为了防止老太腹胀，时常把手焐热了在被窝里给老太按摩。护士说，有一次走进病房，看到老先生一手握着老伴的手，另一手伸进被子给老太进行腹部按揉，眼神温柔地注视着老伴，脸上是一种宠溺的微笑，似乎每根皱纹里都嵌着柔情。看着这画面，居然想流泪。

医院里展现着去伪存真的生活百态，医生每天可以看到各色人情冷暖。真诚流露的爱情，无关乎年龄、贫富、容貌。平时给你多少甜言蜜语、多少节日礼物都不能说明问题；平日吵了多少架、怄了多少气也一样不是问题，这些在疾病面前都无足挂齿。俗话说"夫妻本是同林鸟，大难临头各自飞""久病床前无孝子"，生小病时爱人牵挂着、陪伴着，生大病时爱人不离不弃始终坚守，这是医生眼里爱情的模样。

2016 年 10 月

水边的女人

（一）

院门口的老桑树有些年头了，树干敦敦实实，深褐色的表皮粗糙干裂又陈厚，仿佛是一个饱经风霜却又壮实的老汉，满脸的皱纹褶子古铜色的皮肤却在阳光下泛着精气十足的光。笔直的树干约 2 米高度往上便开始分叉，枝枝丫丫四面八方散开去，宛如一把阔大的油布伞，给院子撑出了一片浓荫。树荫里有一把浅棕色的藤椅子，一位满头银发的老奶奶正倚靠在藤椅里打盹。她身着珠白色的棉布短袖圆领衫和同色的裤子，精精瘦瘦，又清清爽爽。头顶树叶间有知了在长长短短地叫，椅子脚边有一白底带黄点的小猫乖巧地趴着打盹。

"太奶奶！我回来啦！"院门前一辆酒红色的小轿车"吱——"的一声停了下来，车门一开，一个纤长的绿色的身影快速地飞奔而来，一下子抱住了坐在门口老藤椅里的白发老人。正打着盹的老人惊醒过来，揉着双眼看着蹲在眼前的年轻姑娘，激动得说不出话："哎哟、哎哟……"怀里的绿衣姑娘摇着老人的双手："太奶奶，你哎哟、哎哟的，难道连我都认不出来了？"老人点着头，咧着缺了门牙的嘴笑着，说不出话，却拿手背揩着双眼，"是小水，我家小水宝宝回转了！"被唤为"小水宝宝"的绿衣姑娘一下子红了眼睛，也哽咽得说不出话来。转回头，对着从车那边走来，两手拎满大小礼盒的满脸笑意吟吟的青年男子喊着："李泽，快来，这就是我最最亲爱的太奶奶！"

这时候，在后院厨房间忙碌的一家子老老少少都出来了，一时间，各种称呼，各种笑闹声响作一片。那个名叫李泽的俊朗青年身穿簇新的白衬衫，打着领带，此刻被初上岳父家门的紧张和全家人的热情迎接弄得额头汗水直冒。太奶奶坐在老藤椅里，笑眯眯着拉着小水的手，一双小眼睛四处追寻着李泽的身影，紧盯不放，终于被小水的表姐发现了这个细节，于是一家子就跟太奶奶开玩笑，问太奶奶看元（曾）孙女婿是否满意，老人布满皱纹的圆脸笑成一朵菊花，使劲点头，缺了门牙的嘴说起话来不关风："好咯、好咯！"一屋子笑声又一哄而起。

饭桌上大家七嘴八舌地向小水和李泽打听他们在国外的生活和学习工作情况，接下来的婚事和工作安排。李泽红着脸，时时看着小水，担心自己说错话，希望得到小水的鼓励和肯定。小水爸爸问："这次你们决定回国工作，我们都很高兴，还是祖国好啊，学成归来就该报效祖国。""二伯，你跟领导讲话一样一样的。"小水的表妹田田在一旁快人快语，"现在的年轻人都削尖了脑袋想要出国呢，哪有你们这样的，名校毕业，有好的工作，有导师一心要留你们，还非要回国。"小水说："这些年在国外，学习条件和科研条件是比较好，但是，总归觉得心是悬空的，安静下来就会思念家乡，思念你们。前几年回国的师兄师姐们都反馈在国内也发展得很好，有很多的机会可以大展身手。我们思来想去，还是决定回来，但是具体选择哪个城市还没定。我们手上带回一个项目，现在，李泽收到了几个地方的邀请，有北京、深圳、南京、他老家武汉等等，还有就是家乡临江。"小水的话音未落，表妹田田急得瞪大眼睛："姐，你不会选择咱们这小镇吧？海龟博士，首先总归是大城市吧，北京、深圳，一线的大都市才是年轻人奋斗的乐园。"餐桌上七嘴八舌开始了争论，几辈人，男男女女，各有各的说法，围绕着大城市和小地方到底哪个好，简直是硝烟四起。最后，小水爸爸大声咳嗽两声后做总结发言："这次，孩子们下决心回国、甚至回到家乡来工作，大家可能不理解，我和她妈妈一开始也觉得可惜，好不容易出国念了硕士、博士，怎么又回到原地。现在看到了他们两位，听了他们的说法，我也理解，年轻人总是要有些理想的，两个孩子都是受过高等教育的，思想都是成熟的，对于他们最后做何选择，我们作为家长的肯定完全支持。"一桌人叫好着举杯祝福，听着长辈们热情如火的话，李泽一杯杯地不住敬酒。午餐结束，满脸通红、走路都不稳的李泽在众长辈的热情照顾下进房间休息去了。

太奶奶年纪大了，也有午休的习惯。小水陪着太奶奶，来到底楼东侧老人的卧房内，服侍太奶奶躺下，自己也找了个最舒服的姿势在床头倚着，双手拉起太奶奶的手，这是一双多么熟悉的手，从小她就是牵着太奶奶的手长大的，但是，如今，这双手又是陌生的，这是一双高龄老人的手，手指很纤细、皮肤菲薄，上面有着大大小小的褐色老年斑，皮下就是一根根清晰的血管，蓝绿色。小水轻轻地揉搓着这只手，这手现在看来是细嫩的，没有老茧，可曾经，这双手，每日里翻飞忙碌，织过多少布、缝过多少衣、洗过多少尿布、喂过多少个孩子的饭、种过多少庄稼地、做过多少家务活？想着这些，小水的眼泪掉了下来，老人感觉到了手背上的水滴，拉了拉小水的手："小水宝宝，咋的啦？有啥委屈跟太奶奶说。"

这一说，小水的眼泪更是忍不住了，"没有委屈，太奶奶，我高兴还来不及呢。我是太想太奶奶了，在国外的时候，一直想一直想，想念太奶奶做的菜、太奶奶做的馄饨、面疙瘩，想得馋死了。""孩子，你要吃就最好，太奶奶明天就给你做。""太奶奶，我还是想听你讲故事，像小时候那样，你每天讲故事哄我睡觉，再给我讲讲你跟太爷爷的故事吧。"

（二）

小水的太爷爷名叫江生，出生在灵甸镇往南半里路的江边小村，江生4岁那年，整个夏天，暴雨不断，长江水位高涨，灵甸镇对直南边的那段土堤禁不住江水长时间的浸泡冲刷，出现了一个缺口，一刹那，滚滚江流从那小口子争先恐后地涌上岸。乡亲们全体出动用土块、用沙袋堵缺口，怎奈，此时江水发威，人力根本不是对手。江面上闪电裂空，头顶上暴雨如注，堤岸边人山人海，全镇的、全乡的，甚至隔壁乡的乡亲们都来了，用土、用砂石、用麻袋、用箩筐、用树柴、用手拉手抱成团的人墙……把一切能用的都用来堵缺口堵江流了，滚滚的雷声、磅礴的雨声、遍野的叫喊声、哭泣声、哀号声响彻天地。

悲情的夏日，当天空终于变得澄澈明媚阳光再次热烈播撒，当江水重新找到方向，恢复温柔的性情时，大地却已不再是昔日的模样，良田万顷已是一片汪洋，房屋瓦舍倒塌飘摇，鸡鸭猪羊的尸体四处漂浮，人们在绝望地哭泣，已经发不出声音、流不出眼泪。仓皇间四处寻找亲人，也用最简单的仪式送别掩埋水灾中死去的乡邻。靠山吃山，靠水吃水，老一辈人说："我们靠水吃水，但这水，发起脾气来也总是要吃人啊。"

这场大水，让4岁的江生终生难忘，他那时正好在远离江堤的外婆家，父母几天几夜在前方堵大堤，回来的时候一身破衣、满脸疲惫，母亲抱着一个木盆，盆里坐着一个娃娃，那娃娃满脸泥巴，只剩一双乌溜溜的大眼睛，约莫五个月的样子，也不哭闹，好奇地盯着江生。母亲说这个娃娃是躺在这个木盆里从上游飘过来的，两天了，到处打听也不知道父母是谁，现在这年景都家破人亡的，没人有心思领养这个小女娃，看着孩子可怜，就把她带回来了。江生看着这满脸乌黑的小人，心里涌出一股说不出的感觉，暖暖的，酸酸的，去拉她的手，她居然对着江生笑了，这一笑，两个眼睛就成了两弯月亮，让人忍不住也跟着欢喜起来。

"娘，我们就留下这小妹妹吧，饭不够吃我就省下一半给她吃。"爹爹在灶口烧火不吭声，母亲满面愁容，唉声叹气："好是好，往后的日子难呢。"于是，这女娃娃便留在了江生家里，因为她笑起来眼睛跟弯月亮一样，江生喜欢叫她"小月"，大家也便唤她"小月"了。从此江生便成了小大人，他时时处处惦记着、照顾着小月，再也不会和村里的一帮野孩子到处瞎玩了。为了能让小月妹妹吃好一点，他让母亲多养点鸡鸭和羊，他每天都出去割羊草给这些家畜吃。晚上，忙了一天的爹妈太累了，就由他哄着小月妹妹睡觉，唱他自编的摇篮曲。等小月长大点能走路了，就成了江生的小尾巴，两个人形影不离。看到江生这么疼爱小月，村里的孩子们都编顺口溜说江生这是宠媳妇儿。乡亲们在闲聊时也时常跟江生妈说就把小月当童养媳吧。江生父母在心底里也算是默认了，家里穷，要娶个儿媳妇确实是大难事儿，这小月丫头，人是越长越好看了，性格也好，温柔随和见人总先笑，最关键的是两个孩子感情好，比别人家的亲兄妹还亲。于是江生19岁那年，家里给他们办了婚事，正式成亲，虽然婚礼简单，小月也没有娘家，邀请亲戚乡邻吃顿饭就算礼成了，但是，对他们两人来说，这真是最称心如意的时刻了，从此两人相亲相爱地过起了日子。公公婆婆也是爸爸妈妈，一家子没有矛盾亲亲热热和和睦睦，虽然生活穷，但心里甜。

（三）

　　成亲后，日子虽然不宽裕但也顺畅，先后生了大儿子（大郎）、女儿（二囡）、小儿子（小三），儿孙满堂，两位老人也是心满意足。但是毕竟年轻时受了太多苦，又营养不良，两个老人身体渐衰，江生小月婚后第6年，公公老慢支、常年背着双手咳嗽咳痰，婆婆在一次摔跤后就瘫痪在床。家里老老少少要养活，思来想去，江生就在远方亲戚的介绍下准备去上海，亲戚说在上海凭江生这一身好力气拉黄包车肯定能挣不少钱。

　　江生要出远门了，小月天天心神不宁，自从来到他家，两人就从来没有分开过，即便相离也没有超过2天的。更何况这次是隔江过海的，小月一想到从此没有江生陪在身边了，心里就空落落地发虚，而且想到江生一个人在异地他乡做苦力，累了困了也没人照应，心里万分不舍。江生也是，虽然表面乐呵，但心里特别酸特别疼，小月是他从小带在身边的，只要有小月在身边，再苦再累的活他都不怕，小月是他心里的支柱，这次出去打工，离开小月他在异乡肯定不习惯，更担心的是小月一个人在家里，老的老小的小，一大摊子事儿多重的担子啊，他的小月一直由他护着罩着的，能吃得消吗？

　　临行前，小月天天熬夜，缝衣纳鞋，给江生做个结结实实满满当当的包袱，在家里告别泪眼婆娑的老人、哭闹抱腿的孩子，小月一直把江生送到了江边渡口。小船在岸边随时出发，亲戚一遍遍在催促，小月拉着江生的手就是不舍得放："到了外面，人生地不熟的，千万别跟人争，咱平平安安的，钱少点就少点，咱们省着点花就行，身子骨最重要。"江生答应着，抬手把小月被江风吹乱的头发捋到耳后，深情地望着小月："月，还记得小时候吗？我们一起看天看月亮，我说你到我们家的时候天上就挂着月亮，一笑起来眼睛就成了月亮，月亮会一直保佑着我们的，你想我的时候就看月亮，我也是，看着月亮就像看到小月你，看到咱们一家人乐乐呵呵在一起。"小月已是眼泪汪汪，喉咙哽咽，船上亲戚在喊着起锚出发了，江生握着小月的双手紧紧用了一把力，便扭头快步奔去，跳上了小船。

船尾的桨卷起股股浪花，江生站在摇摆前行的木船上狠劲地挥动着右臂，嘴里大声喊着："快回去，天冷，别受凉了，回去吧！"枯草黄土的堤岸上，瘦瘦弱弱的小月孤零零站着，头发在寒风里凌乱，右手举在耳边缓缓地久久地摇着，直到小船渐行渐远，远处的江面上只剩下黑色的一个点。风从辽阔的江面上扑面而来，带着鱼腥的味道，浪一层层有节律地冲向岸边，发出"啪啪"的声响。极目之处，只有阴沉灰暗的天空和浑黄无边的江水，小月也不知道在江边站了多久，只觉得两腿发僵、嘴唇哆嗦，才回转身缓缓回家去。

自此，小月便担起了家里的重担，天不亮就起身，先侍候好婆婆，处理大小便，翻身拍背。然后去地里干活，早饭时刻回到家里弄孩子们起床、吃饭，放鸡鸭出笼。忙了一番后再去地里干活，晌午时刻再回来和公公一起做饭，照顾老老少少吃饭。午后再下地，天黑了回来把冷饭冷菜热热，一家子在油灯下吃好饭，还要侍弄鸡鸭羊等。等老人孩子都上床了，她还要在油灯下缝缝补补，给一家大小缝衣做鞋，等上到床上休息时，已是全身酸疼，累得倒头就睡。

因为江生在大上海做活，一家人虽然缺了顶梁柱有些孤苦，但大家心里还是充满希望的，江生也会找亲戚熟人时常捎些话或者东西回来，这是一家人最开心的时候。孩子们会抢着看包裹里有什么好吃的，小月一听捎话人说江生平平安安的就心里踏实了。平日里再苦再累都能熬过来。

（四）

逢年过节，是一家人最开心的时候，因为江生要回来了，每次回来，江生总是大包小包带回各种礼物，给老人的营养滋补品，给孩子的糖果、玩具、小人书、学习用品。当然，还有给小月的礼物，那要等晚饭后老人孩子都睡下后，两人才有单独相处的机会。江生总是一脸神秘用压低的厚重的声音轻唤："小月，来，看看我给你带什么了？"小月一脸甜蜜的安安静静靠在江生怀里："我啥都不要，你平安回来就是给我的最好礼物。"江生总是变戏法似的从兜里或怀里掏出花手帕、漂亮的发夹、簪子，或者是一段花洋布。"这是给你的，看到上海女人穿各种漂亮衣服，我就常想：我们家小月命不好，落到咱家，要是小月在上海，打扮起来可比街上那些都要俊俏。""尽瞎说……"小月羞嗔着捶打江生的胸膛。

日升日落，相聚的时间总是像麦秆烧起的火，轰的一亮堂迅疾就没了，平常回来一般就是三两天，过年是最长的，但正月十五一过，江生必定是要启程了，每一次送别总是最揪心的，相同的场景一遍遍地演绎，但两人心头的感觉却从来不是一点点淡漠麻木，而是越来越浓的离愁别绪。看着江面上的船只渐行渐远，听着江涛一声声拍击，她的心总会突突直跳，有时会觉得落空几跳，突然间的头晕脚软，让她感到一种没来由的恐惧，她一直责怪自己胆小瞎想，江生不是每次都好好地回来的嘛，赶紧回去离开江边就好了。

日子就这样或紧或慢地过了几年，因为有江生在外面挣钱，家里虽然老的老、病的病、小的小，在小月的料理下，也算过得妥妥帖帖，房前屋后和家里面都整整齐齐，老人孩子身上干干净净，吃的虽然粗糙但能填饱肚子。小月虽然每天劳累但天黑一躺床上就能安睡，不像有的乡邻那样头天晚上就开始愁第二天吃啥。所以小月一点都不觉得自己苦，江生是她的天，有他撑着，她就安心。

但是1941年，从春天到秋天，都没有江生的消息，小月开始着急，到处托人去上海打听，那时日本鬼子横行肆虐，兵荒马乱，处处都是人心惶惶的，小月天天睡不着觉，一合眼就做噩梦，但在老人面前还要强装镇定安抚他们，说江生头脑灵活，身体结实，肯定知道保护自己，不会出什么事儿，只不过外面太乱，信息不畅，说不定哪天就回家了。其实这也是小月每天安慰自己的话。

秋风狂乱，把一片片枯黄的叶子都吹落了，田野里一片灰色，都是裸露的土地，小月的眼眶日渐凹陷，笑起来的两弯月亮已经许久许久未见，她空洞无助的眼神里看不到绿色，见不到生机。年前腊月初十，远房的亲戚上门来了，小月简直是扑上去拉住来人的胳膊："我们家江生呢？怎么没跟你一起回来呢？"亲戚苦巴着脸，垂着头不敢看小月，支吾着不说话，"快说呀！"小月拼命摇着他的身子。亲戚终于忍不住了，哭着跪在小月婆婆的床前："叔、婶，弟媳，我对不住你们！你们打我骂我吧，我没能把江生带回来。他没了！"亲戚鼓足一口气把话说完便开始呜呜低泣。屋子里一下子安静下来，只剩下亲戚低声的呜咽，婆婆躺在床上睁着睁大的双眼，嘴巴张着发不出声。公公蹲在了地上，用双手捧住了面颊。小月呆呆地站在屋子中央，仿佛石化了一般，眼神空洞、嘴巴微张，过了好一会，小月好像突然从梦里醒来一般，冲到床边，拉起亲戚："你是在开玩笑，是吧？我不信，江生不会有事，他会回来的，他没事！我不信！不信！"小月越说声音越响，最后是带着哭声的喊叫，"他不会的！他知道我天天在等他！他不会就这么走的……"亲戚说："7月底，有一天虹口出了乱子，很长时间的枪响，死了很多人。当时我们也不知道情况，过了两天都没见江生的人，兄弟们四处寻找打听，才听路边卖茶点的人说看到过江生，而且听到他们说话，客人是让江生拉车去虹口，我们追到虹口，已经过了5天了，找不到任何消息。一边打工，一边四处寻找，我总是巴望着哪天江生会突然出现。可是，可是几个月过去了，还是没有任何音讯，我对不住你们啊，也不敢捎信回来。眼看着过年了，我实在没办法了，虽然没脸来，但也一定要跟你们说上话。"

亲戚边说边痛哭流涕，"对不住啊，叔、婶、弟媳妇！对不住！唔……"

亲戚是什么时候走的，大家都没有在意。那个夜晚，小月家里没有生火点灯，孩子们看到母亲和爷爷奶奶的神情，也都吓坏了，乖乖地不吭声，一家人没有吃饭、没有洗漱、没有点灯，好像这个房子没有人烟一样。三个孩子即便饿着肚子，但受不住困还是爬上床先后睡着了。两个老人闷不出声，但是时时传来公公一声接一声的咳嗽声。小月和衣躺在床上，两眼盯着屋顶，泪水沿着两侧鬓角汩汩地滚落在枕头上，整整一夜，似乎要把她身体里所有的水分都挤干。

（五）

过了个愁云惨雾的年，正月十六后，小月计划着要去上海找江生，她跟老人一说后便被公公劝住了，公公说："小月啊，我知道你舍不得江生。但是，要是我们江生还活着，他是定舍不得让你去兵荒马乱的地方受苦的。要是他不在了，你是找不着他了，你一个女人家在外面又怎么能让我们安心呢？我们这一家子老老小小又怎么办呢？"是啊，看着瘫在床上、眼泪汪汪地望着她的婆婆，还有在门前自留地里挑羊草的三个孩子，老大11岁，小三才 7 岁。小月心里知道，她根本丢不下他们。她答应公公婆婆，她哪儿也不去了，就守在家里。但是，小月还是不相信江生死了，她在心里一直坚信着总有一天江生会回来的。

此后，有月亮的夜晚，小月都会带着孩子们坐在门前看月亮，跟他们讲爸爸的故事。孩子们都知道，妈妈最喜欢看月亮，妈妈在看月亮的时候眼睛会特别特别亮，嘴角也弯弯的，特别是在他们争着抢着和妈妈谈论爸爸的时候，妈妈的眼睛会弯成两弯月亮，特别美，白天从来见不到的美。因为有着这样的讨论，孩子们也觉得爸爸一直在他们的生活中，只是出了远门，他们在做事的时候也会想着要是爸爸在的话他会怎么说怎么看，所以不敢造次，小小年纪都很懂得体贴照顾母亲。

在夜深人静的时候，小月总是习惯在心里和江生对话，倾诉她的思念，诉说生活的艰辛，也分享孩子们带给她的欣慰。很多个梦里，小月都看到了江生，烟雾缥缈的江面上，一艘小船悠悠驶来，一健壮的男子伫立船头，头发被风吹乱，有着黧黑的皮肤、深刻的皱纹、黑亮的眼睛，小船渐行渐近，男子挥起双臂，高声喊着："小月、小月！"小月在岸上也拼命地挥动双臂，心里喊着"江生、江生"，嘴里却怎么也发不出声，她急得眼泪都要出来了，用手揉眼后却看到江面上浓雾重重，小船不知所向。小月急啊，双手在空中乱抓，想拼命把浓雾拨开，常常在这个时候，醒了，发现双手在被子外面，食指呈痉挛的勾爪状。小月总是赶紧再把眼睛紧紧闭上，试图再次回到梦里，依然能和江生隔着江风水雾得以远远相见、频频呼唤。可每一次，都是徒然。

江生不在，日子便尽是刀霜剑雨，小月才三十出头，可当年的清秀俊俏早已不见，枯黄的头发、粗糙的皮肤、干裂的嘴唇，还有迷惘无助的眼神，让她看上去憔悴苍老，她也根本无心装扮自己，只是在很难得一个人的时候，她会把箱底的一个小木匣打开，那里面都是江生送给她的宝贝：几块颜色各异的小手帕，两个漂亮的发夹，一个深蓝一个淡黄。这几样东西，江生在时也只在逢年过节或走亲戚时才用，江生不在后更是从来不拿出来用，所以看上去都还新，小月把柔软的小手帕贴在脸颊上慢慢摩挲，仿佛感觉到了江生的气息、江生手掌的温暖，忍不住眼睛又要湿了，赶紧收拾好小木匣，放进箱底。

两年后，瘫痪在床的婆婆在一场持续多日的高烧后渐渐失去了生命的迹象，像一盏耗尽了的油灯，豆大的火焰慢慢微弱最终熄灭了。又过了三年，公公在一个清晨，剧烈地咳嗽了一阵后，憋着铁青的脸突然咽了气。自此这个家就留下了小月一个女人和三个尚未成年的孩子。在公公婆婆的坟头，小月痛哭流涕，这两个一生悲苦的老人，既是她的公公婆婆更是给她生命和希望并辛苦养育她的父母，虽然他们最后也是老弱病残，更多的是需要小月来照料，但是只要他们在，小月就觉得有精神支柱在，有长辈在有父母在，她就还是孩子，可如今，这支柱不在了，她成了汪洋大海里的一叶小舟，孤苦飘摇，独自面对风浪。

（六）

小水从小就喜欢听太奶奶讲故事，特别是在有月亮的晚上，夏天，就躺在院子里的长凳上，看着天空、月亮和星星听太奶奶讲；冬天，躺在暖暖的被窝里，月光从窗外洒进一屋子的银白，小水搂着太奶奶听她讲故事。听太爷爷太奶奶小时候的故事是最有趣的，小水总是听得咯咯直笑。但是听到太爷爷不见之后，小水总是会心酸得想要哭，在太奶奶的描述中，小水一遍遍地想象着太爷爷的模样。随着年龄的增长，小水在故事里越来越能体会太奶奶甜苦悲酸，感叹心疼太奶奶这一生的艰辛不易。

太奶奶含辛茹苦养育子孙的故事是从父母亲朋那儿陆续听来的。太奶奶的大儿子 15 岁就送去学泥瓦匠，看着他单薄的身子背着包袱跟着师傅远去，从此要搬砖和泥干重体力活，太奶奶（那时候的小月）站在村口的树下拿衣角擦着眼泪，站到了日落。太奶奶的女儿二囡从小就很懂事，总是默默跟在母亲身后陪着母亲一起干活：拔草、喂猪、洗衣、烧火，从来不让自己闲着，晚上就和母亲一起在油灯下缝补衣服，扎鞋底纳鞋帮。太奶奶的三儿子小三从小好动，喜欢舞枪弄棒的，为了减轻家里的负担，新中国成立后去部队当兵了。

小月的大儿子为了挣钱养家，很晚结婚，娶了隔壁村的姑娘，那姑娘早就听说了婆婆的苦难经历，也听说了婆婆的人品，很是同情和尊敬，所以过门后对老人特别孝敬，生的三个孩子，都由老人一手带大的。老人虽然大字不识，但是她的思想很先进，教导几个孙子，不怕饿肚子、不怕冻身子，但是一定要动脑子，多念书，争取做个体面的读书人，给老祖宗争光。可惜大孙子 10 岁时得了一场大病早夭了，老人伤心得瘦了一圈。二孙子从小聪慧，又正巧赶上了高考，成了一名学水利工程的大学生，轰动了整个小村子，老奶奶整天乐得合不拢嘴。三孙子考了个师范，当了名小学老师。

这个小月的二孙子就是小水的父亲，当年学的是水利工程，毕业后回到家乡的水利局当工程师，老婆是同行，两人同心扑在事业上，生了个女儿一直放在老家由爷爷奶奶和太奶奶一手带大，尤其是太奶奶，特别喜欢这个小丫头，说看这个小丫头皮肤白嫩嫩、眼睛乌黑黑，水灵灵的，就叫"小水宝宝"好了，因为父母都是搞水利的，大家都觉得这个乳名挺好的。小水的爸爸妈妈参加建设长江大堤达标工程的修筑，天天都在长江边的工地上，简直就是泥腿子，每到夏天，长江汛期的高峰季节，就吃住在防汛指挥部的办公室内。小水经常是几个月见不到父母亲，见到了会很陌生。邻居亲戚会责怪小水的爸爸妈妈太不负责任了，不带孩子。但是太奶奶这时候总是很严肃地维护小水的父母："孩子们都不容易，修长江大堤，做的是有利子孙的事儿。你们是不知道，以前长江的水难有多可怕，来一次就死很多很多人，家都没了。哎！我就是到死也不知道老家在哪儿，亲生父母在哪儿啊。"听到太奶奶这么说，小水乖乖地偎在太奶奶怀里，用柔软的小手勾着太奶奶的脖子。奶声奶气地说："太奶奶不伤心，小水一直陪着你。"太奶奶开心地用手背擦眼泪："好好，我们小水宝宝最疼太奶奶。"

回头再说小月的女儿二囡，为了能照顾母亲，她嫁了本村的一个老实本分的男人，生了个儿子，日子倒也平安踏实，只不过，二囡从小吃苦受累，营养不良又操劳过度，才 50 多岁便病逝了。她儿子现在在做建筑工程，全国各地的跑。也算是个当地的小老板，可惜没能让母亲看到他的成功享到儿子的福。这是当儿子的最大遗憾，这也是小月心头的痛，这个女儿从小跟着她受了太多的苦，却没有命来享后半辈子的福。老太太一直责怪自己太长寿了把女儿的寿夺过来了。

小月最小的儿子小三从军后升了军官，转业到了地方，养了个儿子学的交通专业道路桥梁工程，现在到处在搭桥造路。

太奶奶谈起这些儿孙辈就特别骄傲、开心，眉头舒展，眼睛又成了两弯月亮，"这些个孩子都是我带大的，个个都懂事、明白。看到他们一个个上学去了、远走高飞了，我啥都不想了，圆满了，可以安心地走了，但是又舍不得，还想看看孩子们结婚，再生宝宝。"小水总是哄着太奶奶："太奶奶，您不许老，更不许说先走什么的，您要看我披婚纱，帮我带孩子。不许耍赖的哦！"

小水如愿考上了心仪的大学学了生物医学，大学毕业后去了国外读书，遇上了男友李泽，是个化学博士，原来准备在国外发展。但是小水在一次同学会上，听说了家乡临江正在创建科技创业园，急需他们这样的专业人才，她就说服男友跟她一起回老家，那是她日思夜想的故乡，关键还有她最亲爱的太奶奶在等着她。

（七）

"落霞与孤鹜齐飞，秋水共长天一色。"小水和李泽搀扶着太奶奶站在高高的堤岸上，眼前是壮阔无边的长江，泥土色的江水一层一层争先恐后地拍打沙滩，斜阳夕照，江面上波光粼粼，远处，帆影点点，略近处，有首尾两端高高翘起的轮船拉着汽笛向着大海的方向驶去。"太奶奶，这长江边您有多久没来了？""哎哟，有20多年没来了吧，怎么都变了模样了？记得上次来的时候还是小水小时候呢，那时候你爸爸妈妈在这边修大堤，我带着你来看望他们，给他们和工地上的师傅们送点吃的。"太奶奶弯下腰，指着大坝上的一块块石头，"小水啊，你们是赶上了好时候，你看看，现在这大堤，筑得多牢靠啊，再怎么大的水灾都不会把它冲垮了。一块块都是大石头，还有水泥，都封得牢牢的。国家花了大成本啊。还有，跟你爸爸妈妈一样的那些人，日日夜夜在工地上，就是为了修筑好大堤，让所有的老百姓都安安生生啊。"

"是的，太奶奶，除了江岸上的大堤，还有很多石�伸向江中，都可以阻挡缓冲巨浪的冲击，好几层防护呢，中间还有绿化林，既预防水土流失，稳固堤岸，又成了绿色的风景。"太奶奶不住点头赞叹："好、好！我们的长江边越来越漂亮了。诶，我怎么觉着这水面越来越远了呢？原来我记得从表姑家的村头往南

2里路就到江边了，走走也不远，现在怎么坐汽车都要有一会呢?""太奶奶，您这脑子还真是灵光，一点都没老糊涂。确实是的，长江一直在给我们送宝贝呢，我们江边的滩涂是越来越大了，属于我们的土地越来越多了。你看，这周围一大片都是政府新围垦开发的，我们身后就是一个特别大的公园，里面有各种景致，就跟你喜欢的大观园那样，公园再往西那一片，就是我们以后工作的地方，你看，很多的高楼，很美的建筑群，跟城市一样。那里就是我们的科技创业园区，我们也带您去看看，不过啊，您肯定得坐着车逛，要不然走不动。"太奶奶循着小水的手指看去:"我在这儿活了一辈子，到老了，倒都不认识路了，你把我放这边，我定是找不到家了。""太奶奶，是这么回事儿，别说您老了，就是我也是，每回小学同学聚会到长江边，每次都感觉不同，变化很快很大。所以我也想加入，成为这块热土上的建设者，以后我也可以骄傲地跟我的孩子们说，你看，这里的变化也有你爸爸妈妈的功劳。太奶奶，您说我说的对不对?""小水啊，我知道你回来是为了陪我这老太婆，耽搁你和李泽那孩子的前程，我心里头也不安啊，但是前些日子听你说了那么多，现在又到这里看看，我想你们两个孩子这样做确实有道理。太奶奶会一直支持你们的，你们啊，早点生个小宝宝，让太奶奶再帮着照看照看。"小水一下子红透了脸，搂着太奶奶撒娇着喊:"太奶奶! 又瞎说!"一旁的李泽笑眯眯地朝着太奶奶认真地说:"太奶奶，你说的我们一定抓紧办，争取明年就有成绩，让太奶奶抱曾孙，小水，怎么说来着，是不是叫曾孙?""什么呀，你个大坏蛋。"小水捶打着李泽的肩膀，边笑边叫。

江风迎面吹来，带来满脸的水汽，太奶奶遥望着远处的江面说:"这里都变了，你太爷爷要是坐船过江回来，他该不认识家了。"小水一听，两眼里顿时都是水雾，她紧紧握着太奶奶的手:

"太奶奶，太爷爷回来一定会找到家，找到你的，我们家门前的老桑树还在呢，再说，天上的月亮还在呢，她会给太爷爷指路回家的。""哦，会回来的，会的……"太奶奶缓慢又坚定地重复着最后两个字。

逛了玲珑湖公园和科技园区后，老人累了，在车上睡着了，为了不惊醒她，小水和李泽把车停了下来，在江边散步。李泽紧紧地握着小水的手说："小水，我决定了，我们就选择这里工作生活、结婚生子，在这里，我看到的小水是最美丽、最甜蜜幸福的。"小水上前紧紧地拥抱住李泽，在他耳边呢喃："李泽，你看，桑田可以变沧海，沧海可以变桑田，这个世界变化得这么快，你会不会也变心呢？""傻丫头，告诉你个秘密吧。小时候家里给我算命，说是命中缺水，我的名字里就有了三点水，到了该恋爱结婚的时间，我就遇到了一个叫小水的姑娘，从此我这个缺水的男人就离不开这个小水了。离开了说不定命都不保呢！"说着，李泽在小水额头轻吻了一下，小水捏他的鼻子："我知道你是在胡编。你只要一撒谎，鼻子就变长了。"李泽扑哧一声笑起来，而后又双臂圈住小水，深情地望着小水的眼睛，轻声但笃定地说："小水，我笨嘴笨舌的，以前从来不懂跟你说什么浪漫的甜言蜜语，但是今天在这江边，我突然也想说几句话：我跟你，就如同这堤岸和江水，我就是这石头和水泥浇筑的堤岸，你就是那自由奔腾的江水，我为你存在，你可以温柔相依，也可以任性折腾，我都会守护着你、拥抱着你、陪你一起看日升和日落，看飞鸟与彩霞！"小水早已是泪水满眶，她把头伏在李泽的肩头，紧紧地拥抱住了他。

啪啪……那是江水拍岸的声音，千年不变。

2016 年 5 月

后记

一方水土养一方人

　　"一方水土养一方人"，虽然说很早就从书中读到过这句话，可是第一次对这句话有感觉是在我工作的第一年。那一次我上小夜班，办公室里来了一位两鬓斑白、气质儒雅的老先生，跟值班医生相熟。经医生介绍，我获知这位老先生是在外求学工作多年的海门人，一名退休的大学教授，这次是因老母亲生病住院故回老家来探望。老母亲病情稳定已经入睡，老教授便应医生邀请在我们办公室坐着聊天。正巧那天晚上不忙，我也有空跟他们时不时做些交流。告别时，老教授跟我握手，说了一句意味深长的话："真是一方水土养一方人啊。"

　　老教授的这句话，让19岁的小姑娘陷入懵懂，"这是一句褒扬的话吗?"看他的神情语气应该是的。我戴着口罩和帽子，老教授甚至没有看清楚我的真实模样，为什么会有这样一说呢? 自己身上有什么样的特质与家乡这块土地相契合? 虽然不明其中深意，但是我忽然感受到了一种神圣感和责任感。一个人的言行都会与家乡这块土地连上关系，要为故乡争光加分，那是很难很难的事，但是为她抹黑或者减分，也许就是一不小心的事。"一方水土养一方人"，这句话便刻在了我的心底。

　　为什么要写下那么多文字? 为什么要出这本集子? 在最初，写下文字是为了让岁月的流逝有迹可循。经过这三年的疫情，忽然感受到生活的不测和意外的发生无法预料，当下的每一刻都值得珍惜，似乎应该给岁月留下实实在在的印迹。随着年龄的增长，我对故乡、对童年、对往昔的岁月，生出了更多的怀念之情，想用文字倾诉对故乡的热爱、对童年生活的怀念、对那片热土上的父老乡亲的致敬。一方水土养一方人，正是故乡的水土、故乡的乡亲师长哺育我成长，给予我源源不断的滋养，在我身上刻上了故乡的烙印。普济、临江、海门，多么奇妙，从村到镇，再到城，家乡的名字始终都带着三点水，宣纸上提笔挥毫，一样的墨汁淋漓，一样的气韵灵动。一路成长、一路走来，家乡的细水滋润、家乡的长河迢迢、家乡的大江奔腾始终在给我方向、给我力量。

"我重新意识到了故乡的名字，它的含义，它的变迁，以及第一次看到'临江'从口中的方言变成文字书写在我面前时感受到的它的美丽。这本书是母亲对过去的总结，于我而言，则是重新认识了故乡。"这是女儿在为我这本集子写的序言中的一段，读到此处，我刹那间热泪盈眶，我忽然更加清晰地明白了我出这本集子的意义了。让一个人的记忆成为一代代人对故乡的念想。

一方水土养一方人，下一代的孩子们已经走向更远的五湖四海，故乡的名字是他们血脉里的印迹，无论走到世界的哪个角落，说出故乡的名字，他们便能以此相认。

金星宇

2023 年 2 月 12 日